T0102998

Con la música en las venas

César Curiel

Compre este libro en línea visitando www.trafford.com
o por correo electrónico escribiendo a orders@trafford.com

La gran mayoría de los títulos de Trafford Publishing también están
disponibles en las principales tiendas de libros en línea.

Impreso en Victoria, BC, Canadá.

ISBN: 978-1-4269-3119-2 (sc)
ISBN: 978-1-4269-3120-8 (dj)
ISBN: 978-1-4269-3118-5 (e-b)

Library of Congress Control Number: 2010904712

Trafford rev. 04/19/2010

www.trafford.com

Para Norteamérica y el mundo entero
llamadas sin cargo: 1 888 232 4444 (USA & Canadá)
teléfono: 250 383 6864 • fax: 812 335 4082
correo electrónico: info@trafford.com

Con la música en las venas

Definitivamente a mis tres hermosas hijas a las que amo y respeto.

Dagmar J. Curiel
Beredna M. Curiel
Leslie Curiel

A mi esposa Alicia, que me a aguantado tanto tiempo y a estado a mi lado a pesar de las fuertes tormentas que han surgido en nuestras vidas, por ser la cómplice de tantas de mis locuras.

A mis padres, los formadores y pilares de mi como persona y a mi hermano que siempre lo tengo presente.

Esta dedicada también a todos los jóvenes que atraviesan por esa etapa tan divertida, emocionante he inolvidable que es la juventud. Esa mágica edad en donde todo se ve color de rosa, pero que muchas veces ese mundo fantástico puede resultar peligroso cuando no se tiene la madurez suficiente para tomar buenas deciciones.

Y por ultimo, a mi buen amigo Jorge A. Martinez que hizo una pausa para ayudarme a corregir y darme ideas con la novela, gracias mi cuate.

Sin música la vida seria un error

Friedrich Nietzche

CAPITULO

I

Los fabulosos años 60`s fueron para muchos lo mejor, no se diga de los 70`s

La fiebre de la época hippie, la música disco, la llegada del rock progresivo, Pink floyd, yess,genesis y no se hable del movimiento de rock pesado con exponentes como

Black sabbath,deep purple por mencionar tan solo a 2 de estos monstruos de la música rock; Para Sadrac Quintana esto pasaba desapercibido,su pequeño mundo giraba alrededor de su madre y los que a estos los rodeaban, llámese tíos(a),la abuelita Panchita y su abuelo don Omar que lo entretenía contándole todo tipo de cuentos inventados por el mismo de su propia inspiración, para el pequeño Sadrac las historias como pulgarsito,los tres ositos o incluso la intrépida travesía de los hermanitos Ansel y Gretel habían quedado en el pasado,los cuentos que contaba el viejo de su abuelo,ese hombre al que el admiraba y obedecía eran cuentos de calidad, solo el y nadie mas que el tenia el poder de retener y empaparse con esas entretenidas historias que escuchaba al lado de ese hombre con imaginación de niño.

Los años pasaban y Sadrac crecía junto a ellos al lado de una familia que lo apoyaba y protejia,jugando como cualquier infante a su edad suele hacerlo,Sadrac fue conociendo involuntariamente la música que lo marcaría para el resto de su vida;Su tío, el mas chico por parte de la familia materna escuchaba los grupos de aquel entonces estaban de moda, Queen y génesis invadían la tranquilidad de aquel pequeño apartamento de 3 recamaras,una sala,cocina y un corredor lleno de todo tipo de flores que daban alegría a esa pequeña vivienda la cual se encontraba en el pleno corazón de la ciudad de Durango.

Por aquellos tiempos, Sadrac ya contaba con diez años de edad. Los años y con ellos, la primaria fueron pasando. El tiempo voló. Pero este, era un niño precoz en conocimientos musicales. Y, a pesar de ser como cualquier otro chiquillo, tenía un rasgo singular. Había algo en el que lo hacia del todo especial; su innato sentido musical. Ese instinto musical que, como una ley de atracción, lo guiaba hacia nuevos horizontes en el universo musical. De hecho, Sadrac llevaría siempre este instinto tatuado en su ser. Toda su vida. Por ello, Sadrac era un muchacho especial. Y esque nadie mas en su clase conocía o escuchaba los grupos de rock que el vagamente entendía. Bandas que iba descubriendo en casa de su abuela, doña Panchita. Paradójicamente, su tío Juan quién sin quererlo lo fue relacionando con la vanguardia de la música setentera. así, mientras sus mejores amigos como Paquito, ángel y el gordo Contreras (al que le apodaban el "moco") escuchaban a Cepillin, timbiriche, parchis y otros del momento, Sadrac al llegar de la escuela gustaba de disfrutar de los doors y el poeta gringo Bob Dylan. Para Sadrac todo giraba a ese pequeño mundo del que el no quería saber mas,influenciado en parte también por su madre,ya que ella antes de que Sadrac naciera estuvo en movimientos izquierdistas apoyando los derechos de la humanidad y dando su mas ferviente aprobación a las causas justas y sociales que había desempeñado el líder guerrillero Che Guevara, las canciones estilo filosóficas y rebeldes para una sociedad cansada

de tanta injusticia y prepotencia como es el pueblo Mexicano; Oscar Chávez, facundo Cabral, Joan Manuel Serrat eran para Fátima un himno a sus oídos:

Yo no se quien va
Mas lejos, si la montaña o el cangrejo.

Esa música, la sentía por las venas, en sus arterias, por los poros, en las coyunturas, simplemente se le hacía chinita la piel al percibir con sus sentidos tan bellas y sublimes melodías.

Un día sin querer le toco escuchar una conversación que tenia su madre en la oficina de la escuela, dentro de la misma estaban reunidos varias personas, intelectuales de izquierda con los que Fátima convivía y se relacionaba en un ambiente social y de charla, Sadrac con su taza de café en mano ignoraba lo que se trataba, pero sus pequeños oídos captaban de forma subconsciente la información que se trataba.

- La sociedad es difícil de entender. El ser humano, debido a su imperfección, es tal vez uno de los más grandes misterios que tenga este planeta. Cada cabeza es un mundo. Eso se puede comprobar fácilmente en cualquier lugar en donde estén reunidos un grupo de individuos con gustos diferentes y culturas diferentes. !Ah, que si no...! Aún así, es un privilegio disfrutar de esta vida. Y aun de este mundo caduco que cada día y cada año que pasa se va haciendo más y más violento. Por eso decidí entrarle a la onda hippie. Y sentir la libertad a flor de piel. Amo la vida, el aire, las flores... La naturaleza esta hecha para disfrutarla sin restricción alguna. Los derechos humanos no se pueden controlar. Nacimos para ser libres. Libres de expresión. Libres para amar, para gritar... Para todo lo que queramos hacer. El hombre es el que pone las restricciones, las barreras, las fronteras. El mismo hombre ha destruido al hombre por medio del racismo, de desigualdad de clases sociales,... Ojala y un día todos seamos un mismo pueblo sin miramientos estupidos y prejuicios que no llevan a nada.

Esa conversación se le quedaría grabada al pequeño soñador tal vez por el resto de su vida. Los ideales de su madre impactarían al hijo: su filosofía, su forma de ver la vida... Todas esas cuestiones,

de hecho, se trasmiten a los hijos. Y estos se empapan con las mismas inquietudes y, en parte, con la misma forma de ver la vida.

En lo que fue el desarrollo de su infancia, Sadrac fue un niño bastante introvertido, temeroso. Pero a la vez curioso como todo chiquillo. Así, fue desarrollando la etapa más alegre que puede tener el ser humano: la sublime infancia. Esa bonita carrera en donde hombre y mujer se desarrollan. Y que marca de por vida el comportamiento del individuo. De ahí se desprenden los traumas,complejos,habilidades y demás cualidades que una persona pueda tener. En efecto, la infancia de Sadrac fue, hasta cierto modo de ver las cosas, triste. Y esque este se la pasaba enfermo gran parte del tiempo. En una ocasión se les ocurrió ir a las fiestas de la ciudad que se celebran cada año; cuando la ciudad de Durango hecha, en sentido literal la casa por la ventana. Se hacen concursos de poesía, canto , teatro, música diversa... incluso mandan traer personalidades de la música como a Yuri, Alejandro Fernández, los bukis, Bronco y muchos mas. La familia Quintana, como de costumbre, asistió también a esas grandes celebraciones; las cuales también servían para sacar a la gente de la monotona rutina que encierran las grandes urbes. Sin compararse por supuesto a la mounstrosa capital Mexicana.

Fue precisamente a la entrada de la feria cuando a Sadrac se le antojo un mango de manila. La fruta irradiaba belleza en todo su esplendor. Era cortada de una forma detallada, sutil. Como es sabido, los vendedores de fruta se las ingenian para atraer a los clientes y en especial los niños. !Quien se puede resistir ante esas frutas apetitosas y suculentas que ofrece la madre naturaleza.!

---Mamá,mamá, ¿me compras un mango?

---¿quieres un mango, mijito?

--- Señor, déme un mango porfis

---`Ta bueno señito. ¿como lo quiere? ¿Con chilito o así nomás?

---No, démelo asi nomás. Lo quiero para el niño. Ya ve como son de antojados.

Sacrac lo saboreo con gran énfasis, encajando asi sus pequeños y afilados dientes en ese apetitoso mango del cual disfrutaba cabalmente y sin remordimientos a nada y a nadie. Y, sin saberlo, saboreaba el fruto maligno que lo llevaría a la cama. Incluso casi a la muerte. Al día siguiente, Sadrac Quintana tenía una basca incontrolable debido a una fuerte infección estomacal. Le dio la tifoidea. Solo sabía vomitar. Sentía que todo el cuarto le daba vueltas. Tenía una fiebre de los mil demonios. Afortunadamente, en todas las familias siempre hay un doctor. Y esta no seria la excepción. El padre de la criatura llamo inmediatamente a su primo Rutilio. Al que de cariño de decían solamente "Rudy". Este, andaba de juerga con sus amigos. Pero al recibir el mensaje y, mas aun, que era bastante urgente dejo amigos, botellas y mujeres. Y se fue sin distracción alguna a ver al pequeño paciente que estaba al punto de una convulsión debido a la alta fiebre.

---Buenas, buenas. Ya estoy aquí. ¿en donde esta el enfermito?

---Pásale primo. Esta en la recamara. Esta rete malo mi chamaquito.

---No te preocupes. Vamos a ver que es lo que tiene. Déjame tomarle la temperatura para saber como andamos.

Al leer el termómetro, Rudy se quedo atónito. La ligera embriaguez que llevaba se le bajo de un golpe. Sus ojos se abrieron como dos grandes platos cuya pupila se dilataba al seguir viendo como esa marca roja cubría casi todo el termómetro.

---¡Ah cabr….!Urge llevarlo al hospital. Este muchacho esta muy grave. Yo aquí no puedo hacer nada.

La preocupación de Rudy era evidente. Se manifestaba en su rostro. Nunca antes en su carrera como doctor había sabido de un niño con una fiebre tan alta. Simplemente los resultados serian espeluznantes, catastróficos… Si la fiebre no se controlaba a tiempo, el pequeño cerebro de Sadrac se cocería como una papa en el horno dejándolo loco de por vida. O simplemente arrebatándole lo más sagrado que tiene el ser humano en este planeta: su propia vida.

La preocupación de todos era patente. En eso momentos Sadrac se debatía por vivir. Se aferraba a la vida y a la existencia de esta vida terrenal. Su madre lloraba desconsolada. Su padre Tonatihu no dejaba de dar vueltas como león enjaulado en esos pequeños corredores del hospital general. Ahí, las enfermeras ponían en práctica sus conocimientos con el fin de que ese niño volviese a sonreír; pues, al fin de cuentas, no existe nada más bello que la sonrisa de un menor. En cuanto llego Sadrac a ese hospital no tardaron en desvestirlo. Lo despojaron de su ropa y dejándolo como Dios lo trajo al mundo. Acto seguido, lo colocaron en una tina con bastante agua helada y hielos para poder bajar así la temperatura. Los doctores sabían que acabando y eliminando ese problema lo demás seria pan comido. Toda la noche lucharon contra esa bestia llamada fiebre. Hasta que, al final la ciencia se consiguió un triunfo mas. Lograron vencerla. Sadrac estaba fuera de peligro. Después de eso, el muchacho fue dado de alta. No sin antes recetarle unos cuantos antibióticos para elimitar la tifoidea. Ahora todo seria cuestión de tiempo y, sobre todo, mucha paciencia.

Para Sadrac, esa no fue la única batalla que tendría que presentar. Tal vez por esa razón su carácter era la de un niño apático, tímido . Su mundo se lo creaba el solo. Sus juegos los inventaba el solo. Sus amigos eran imaginarios. Sin embargo, su pequeño mundo de cristal se le vendría en cualquier momento: abajo al llegar y cumplir la adolescencia. Daria un giro de ciento ochenta grados. Aún así, la influencia musical la llevaba dentro de las venas. Simplemente era algo que el no podía controlar. El espíritu de la música lo guiaba, lo aconsejaba, lo acariciaba y hasta lo mimaba en sus ratos de ocio y esas tardes eternas y aburridas que no eran nada nuevas para el.

CAPITULO

II

Para Sadrac. El terminar la escuela primaria y entrar a lo que es la secundaria seria toda una aventura. Una odisea sin precedentes. El conocer nuevos amigos y muchachas lo llenaba de emociones. Pero a la vez también de nervios. Se enfrentaba a un mundo nuevo. Y en el, daría rienda suelta a sus inquietudes. No tardo mucho para que eso pasara. Al ir trascurriendo los días, Sadrac se iba familiarizando con sus compañeros de clase. Conocería a Miguel, al que apodaban el ("caco"), a Javier ("el Monkey face"), a Carlos ("el fresa"), a Rubén ("la burra") y asi por el estilo. También conoció fuera de la escuela a los que faltaban a clase: los famosos de la secundaria, chavos como la pulga, el torso, el toro, la bestia, el arracadas... Sadrac se sabía a la perfección los apodos de todos y cada uno de ellos. Pero de todos estos, con el que más tuvo contacto fue con el "torso". Mayor que Sadrac. Este joven lo metería aun más en el mundo de la música rock. Por ejemplo, el heavy metal de los ochentas. Iron maiden, Judas priest, Ozzy Osbourne, Saxon, Rush encabezarían de ahora en adelante la lista de grupos que Sadrac escucharía. No mas Bob Dylan, no mas Janis Joplin. No más grupos de antaño. Este tipo de rock había despertado en Sadrac algo nuevo. Su adrenalina por fin salía. La podía oler el mismo. Sentirla en su piel como el sudor corre por el cuerpo.

No tardo mucho para que el joven rockero empezara a juntar sus ahorros que aun le proporsionaban sus padres los domingos. Y asi empezar a comprar discos. Los quería todos. Grupo por grupo. Compró por ejemplo el disco moving pictures del grupo Canadiense Rush. Después le siguió el de fly by night del mismo grupo. En la escuela no se hablaba mas que del tema: el rock, rock, rock.

---¿Tienes el de AC/DC?. No seas gacho buey, grábamelo, ¿no?

El primer año de la secundaria se fue rápido. Sadrac estaba fuertemente relacionado para ese entonces con toda la "raza pesada" de esa secundaria, pronto vendrá el segundo año, Sadrac empezó a desatender los estudios por empezar a faltar a las clases, lo que los jóvenes llaman "el pintearsela" hecharse la pinta se volvió en Sadrac el pan de cada día, logicamente, esas fechorías no las realizaba el solo, casi siempre en todas esas excursiones fuera de clases las efectuaba junto a su amigo el caco, entre los dos faltaban a esas clases casi sagradas que tiempo después extrañarían y se darían de topes por desperdiciar de esa forma tan absurda y tonta, pero al fin jóvenes inmaduros e inexpertos que vivian el momento como si la juventud fuera a ser por siempre eterna, escasas 13 primaveras, la fuerza, la energía, el vigor, las ganas de descubrir, el querer comerse el mundo a mordidas, la juventud eterna de ese momento, ¿que puede pasar?

Los jóvenes ven la vida desde un angulo muy distinto al de los adultos, la falta de experiencia y la miopía hacia el futuro hacen que las mayoría de los jóvenes actúen irracionalmente, solo viviendo el momento, inconcientemente eufóricos tienden a desperdiciar esa juventud bendita y la derrocharla por un puñado de diversión.

Las canchas de basket ball fueron para Sadrac un refugio fuera de las aulas en donde podía encontrar la sabiduría a una formación de éxito, Sadrac empezó a jugar, a desahogar todo ese derroche de energía el cual por mucho tiempo había mantenido en cautiverio cuando fue niño, como un animalito salvaje al que por años se mantiene en cautiverio y un día de pronto se le abre la jaula dándole así el privilegio de su libertad.

Sadrac Quintana estaba rebasando las barreras de la timidez y el cinismo al faltar a sus clases deliberadamente y sin prejuicio alguno, sus amigos eran sus secuaces, al cabo de poco tiempo Sadrac ya era de los mas populares en la escuela secundaria a donde asistía, la secundaria numero uno del estado de Durango, las clases le eran monótonas, insípidas y aburridas, estar adentro de un aula era peor que estar en prisión, matematicas, física, química, que aburrición, afuera, en las canchas estaba lo bueno, sus cuates estaban disputándose retas de baloncesto.

---Sonando el campanazo me pelo a jugar.

Pensaba para si mismo Sadrac mientras el maestro inútilmente ponía de si su mejor esfuerzo para que sus jóvenes alumnos captaran las ideas que el con tanta vehemencia exponía ante ese concurrido lugar de cuatro paredes y dos ventanas.

Pero no todo era derroche en la vida de este puberto, la clase de historia, ciencia, biografía eran su deleite sin contar por supuesto la clase de español y educación fisica a la que por supuesto, nunca faltaba, sobré todo esa divertida materia de español pues la impartía su maestra favorita, la famosa (pasita), una viejecita bonachona y simpática aparte de pasalona pues todo les perdonaba, pero pese a esa bondad que derramaba a manos llenas, la pasita era toda una fiera para desarrollar y hacer que sus jóvenes escuchas le pusieran toda la atención requerida. En esa hora no volaba ni una mosca, y esque los jóvenes prevenían tales distracciones cerrando bien las ventanas, el mas mínimo zumbido de cualquier insecto y esto provocaba un ruidoso SSSSSHHHHHH, pues todos estaban absortos en la clase, esto por supuesto hacía que la maestra tomara mas en serio su responsabilidad y habase de maniobras y manotazos al aire, la intrépida y experimentada viejecita se apoderaba de los jovenzuelos haciéndolos presa fácil de su clase.

---Ahora muchachitos hablaremos de los aztecas y como le chamuscaron los pies al buenazo de Cuahutemoc,ni siquiera los dioses pudieron salvar a este pobre ingrato de tan perverso castigo, por eso, nosotros tenemos un compromiso con la historia.

---¿Cual es ese compromiso maestra?

Se escucho una voz desde el montón de cabezas que miraban atónitos la actuación de la gran pasita.

---El recordarla, es todo lo que tenemos que hacer, recordar a esos grandes hombres y mujeres que con su valor, entrega y coraje dejaron un ejemplo para las generaciones futuras.

OH! Se escucho como eco en toda esa pequeña aula de la cual salía hasta vaporcito de lo caliente que estaba.

---Así es muchachos, ni Huchilopoztli, Quetzlcoatl o la gran Cuatlicue pudieron rescatar a Cuauhtémoc de las manos de esos desalmados que lo único que buscaban era apoderarse de todo el oro de nuestros ancestros, por eso, no en vano somos la raza de bronce, y no solo los aztecas, Pancho Villa, Zapata y tantos otros hombres heroicos que lucharon por un México mejor.

Al salir de la clase todos se fueron directamente a su siguiente materia, matemáticas, esa clase no era de su agrado, así que sin pensarlo dos veces sus pies se dirigieron automáticamente a la salida de la escuela, hay estaban todos, el pelos, la burra, el gordo, el lobo, estaban alrededor de la primera cancha pues en esos momentos el que jugaba era nada mas y nada menos que el arracadas y el famoso torso, ese partidazo no se lo podía perder por nada del mundo, dos colosos del basket ball jugando juntos, sin pensarlo se unió al montón, uno mas del publico, admiraba las jugadas que este par de cáscaras(así se les llama a los que juegan magníficamente un deporte callejero)el arracadas era todo un maestro de la acrobacia con el balón, Sadrac casi estaba seguro que si algún día los famosos harlem globeters se dieran una vueltita a conocer Durango seguro que contratarían a este mago de la faramalla, por otra parte el torso no se quedaba atrás, su estilo de juego era un poco mas lento pero eso no lo hacia ser inferior al arracadas, el torso se defendía y bastante bien con la pelota, por no nada muchos lo consideraban un jugador temido que a la hora de escoger jugadores, el torso siempre estaba entre los primeros.

* * * * * * *

El tiempo no perdona de ninguna manera y las horas se fueron volando, después de algunos partiditos de basket ball y Sadrac solo admirando los partidos y analizando las jugadas para después el también copear algunas se dieron las 2:30 de la tarde, el timbre sonó y una manada de estudiantes salieron sin control para cada uno dirigirse a sus hogares, disfrutar una deliciosa comida y poder ser dueños de la tarde. Sadrac también tomo sus libros y no le quedo otra mas que irse también a su casa exausto de tanto estudio.

Durante las tardes Sadrac casi no salía de casa, se la pasaba viendo programas de televisión o se iba al jardín de la viscaya a seguir jugando basket ball, Sadrac no tenia llene con el juego, parecía que no se cansara nunca, jugaba desde que salía el astro rey hasta que se metía y ya ni siquiera se podía ver la bola con la que jugaban, pocas veces se encargaba de sus tareas.

Aun así, Sadrac era diferente, la música rock y el deporte acaparaban todo su mundo, para ese tiempo no había todavía conocido a alguna mujer que lo hiciera soñar despierto, pero no por mucho tiempo, al finalizar el segundo año de secundaria paso lo que lamentablemente tenia que pasar, Sadrac réprobo el año, no se pudo hacer nada, tenía que pagar las concecuencias de su irresponsabilidad, después de vacaciones de verano Sadrac cursaría una vez mas el segundo año de secundaria pero ahora en el turno vespertino, su entrada seria a las 3:00 de la tarde y saldría a las 8:00 de la noche, tendría que empezar a hacer nuevos amigos y adherirse a las burlas de algunos que lo mirarían como animal raro por el hecho de ser un reprobado, a pesar de su vergüenza, Sadrac seguía en ese mundo de hadas, haciendo castillos en el aire y dejando pasar el tiempo como si este estuviera parado, esperando que el joven abriera los ojos y aprovechase la escuela y la gran oportunidad que le estaban dando sus padres, miles de jóvenes a esa edad darían lo que fuese por tener esos mismos privilegios y los que realmente los tenían no los valoraban.

Al comenzar el nuevo periodo de escuela, ahora por la tarde, Sadrac fue la novedad entre sus nuevos compañeros, todos los ojos estaban atentos a lo que el hacia, lo que decía, lo que miraba, incluyendo también a las muchachitas de ese salón de clases. Como es lo normal, los ojos de Sadrac empezaron a fijarse en el sexo opuesto, varias de ellas eran jóvenes bonitas y de buen ver, los coqueteos naturales que traen las mujeres dentro de si no tardaron en presentarse, estaba Lety(la huerita), Amanda, Cecilia, Dorita y Carmen que a pesar de sus escasos trece años tenia unas caderas que ya causaban estragos dentro de los pubertos. A pesar de que Sadrac se sintió atraído por Lety, al final se decidió por Amanda ya que esta pequeña diablilla supo como engancharlo con sus maliciosas sonrisas y sus ojitos de fuego, la relación no duro mucho tiempo, al poco tiempo también todas las demás damiselas no tardaron en decepcionarse del galán y verlo como uno mas del montón que formaban parte de ese viejo salón de clases, los dos pichones rompieron toda relación a los quince días de su noviazgo manita sudada, uno que otro picorete y nada de agarrar nada pues la muchacha estaba flaquita como un palillo de dientes y Sadrac aunque novato, pero eso si, exigente, le gustaban las muchachas carnuditas, nalgonas y de preferencia que la madre naturaleza fuera dadivosa en darles sus atributos delanteros.

Sadrac siguió con su rutina de faltar a clases y jugando como loco a lo que ya era un deporte el que el dominaba como todo un profesional, el turno vespertino le acentúo aun mejor al joven deportista ya que la gran mayoría de la pandilla de pinteros e incluso ex estudiantes de la secundaria se daban cita por las tardes para jugar, fumar, beber e impresionar a todos los demás que no eran de su clase. Sadrac ya lo conocían todos y su fama corrió de salón en salón y pasillo por pasillo, lo consideraban todo un cáscara del baloncesto y aunque no era el mas bueno pero si de los mejores, temido por muchos a la hora de jugar un famoso dos para dos o un tres para tres o simplemente un uno a uno.

* * * * * * *

Los días transcurrían como era de costumbre y nada nuevo pasaba en la vida cotidiana de este jovenzuelo hasta que un día se lanzo una convocatoria para pertenecer al grupo de danza folklórica de la gloriosa secundaria numero uno; Sadrac aunque era rockero de corazón pero también llevaba algo de orgullo patriótico, púes como un buen Mexicano sentía orgullo por sus raíces y de su historia, esto lógicamente al legado hereditario por parte de su madre; se inscribió rápidamente junto con uno de sus amigos llamado Joaquín Buenrostro y este tuvo mucho que ver también para que Sadrac se convenciera para entrar al grupo de danza folklórica, Joaquín tenia ardua experiencia en bailes tradicionales mexicanos y lo hacía con gracia y soltura pues su padre era ranchero de tradición y sentía gran orgullo de que su hijo fuera portador de tan rica cultura.

---Escúcheme bien pelao, el sombrero se lleva con orgullo y no solo para fanfarronear, como toda esa bola de batitos que traen tejanas, botas de pieles exóticas y cintos piteados y no saben ni sacarle la leche a una vaca, no mi`jo, uste tiene que onurguellecer a su viejo padre, o ¿que?

---no pos si `pa,pos,pos ya sabe que yo si le hecho re`te hartos kilos y ahora hasta voy a entrarle a la bailada pues.

---así se habla mi`jo, ese es mi cachorro chingao

---ya vera que si `pa.

Joaquín estaba convencido de que haciendo un buen papel dentro del grupo de danza folklórica su padre brincaría de gusto y se sentiría orgulloso de el.

Las prácticas empezaron y los alumnos incluyendo Sadrac estaban puntualmente a las clases que se repartían todas los sábados por la tarde, dos horas.

En esas clases nadie se conocía con excepción de Joaquín y Sadrac que pertenecían al mismo grupo vespertino, pero había también alumnos de el turno matutino y algunos de diferentes grados como tercero de secundaria; entre las practicas estaba una jovencita llamada Nora Salinas que se hacia acompañar de otra joven llamada Virginia Quiñones, esta ultima solo iba en plan de acompañante y no como parte del grupo, Sadrac al ver a Virginia sintió un revoloteo en el estomago, simplemente no podía creer lo que veían sus ojos, Virginia era la mujer perfecta, la que su inconciente por siempre había buscado sin el saberlo antes, era una hembra fina, hermosa, pura, pulcra, bonita, Sadrac uso todos los sinónimos habidos y por haber refiriéndose a la belleza de esa mujer, no estaba nada equivocado pues ciertamente Virginia era bella, blanca de piel, cabello lacio hasta los hombros y color huerito, alta de estatura y con un cuerpo de diosa, de caderas no muy anchas pero de glúteos parados, Sadrac se volvió loco con esa fémina, estaba convencido de que cupido algo había tenido que ver en esto, su flecha mortífera había atestado un golpe certero esta vez, la estocada perfecta, no lo podía creer, los sábados se le hacían largos, si por el fuera practicaría todos los días de la semana y las 24 horas si fuese necesario, todo por seguir viendo a ese ángel con disfraz de mujer; Sadrac Quintana estaba herido, pero herido de amor.

Sadrac no perdió el tiempo y de inmediato empezó a mover todas sus influencias dentro de la escuela para dar con el paradero de esa muñeca de carne y hueso, en un par de días tenia toda la información necesaria, Virginia asistía a el segundo grado del taller de Inglés, bingo ! empezaría un plan de conquista, pondría en practica su plan A,B y C, a los hombres por naturaleza se les concede el don de saber conquistar a una mujer, usando trampas sutiles para que poco a poco la presa valla cayendo, se haría el interesante, el chistoso, el temerario, el audaz, el comprensible y si no llamaba su atención con todas estas tretas utilizaría el plan D7, fingiría estar enfermo y se dejaría desplomar haciéndose el muertito, seguro esta no fallaría, todo con conquistar a esa Diva.

Empezó primeramente por hacerse amigo de la bailarina, o sea de Nora Salinas ya que esta era la que la llevaba a los entrenamientos, haciéndose el chistoso le empezó a sacar platica a Nora de cualquier cosa que se le ocurría.

---Hufffff..., Que cansado estoy, disculpa, ¿como te llamas?

---Nora, ¿y tu?

---Sadrac, Sadrac Quintana, ¿como se te hace el baile?

---me gusta,siempre me a gustado bailar

---si, es verdad. Es la primera vez que estoy en este tipo de bailes pero me esta gustando.

---Que bueno, a mi también.

---Oye, ¿y tu amiga?, ¿a ella no le gusta bailar?

Sadrac estaba planeando una estrategia de ataque contra su victima.

---No, ella solo viene a acompañarme

---Ho...¿y como se llama?

Haciéndose el inocente

---Virginia,pero siempre le decimos Vicky.

Hasta el nombre tiene bonito, pensó para sus adentro Sadrac ya que esa jovencita lo tenia completamente hechizado al poco tiempo de haberla conocido. Poco a poco el joven casanova se fue relacionando mas y mas con Nora para así aspirar conocer a su amor platónico, de tanto va el cántaro al agua hasta que se rompe, Sadrac y Vicky se empezaron a conocer y se hicieron amigos, pero como dicen, siempre hay un pelo en la sopa, Sadrac no era el único que se había fijado en la belleza de Vicky, otro joven del grupo llamado Mario empezó a darle batalla a Sadrac, pronto ya había una rivalidad por conquistar el amor de esa dama, Mario era un joven moreno claro, cabello lacio y tenia una ventaja sobre Sadrac, este sabia tocar muy bien la guitarra aparte de tener buena voz para cantar, pero para Sadrac no había hombre que le tumbara al amor de su vida y como un tigre en celo le declaro la batalla a Mario.

Pronto los dos rivales estaban frente a frente para disputarse el tan codiciado manjar, hipócritamente se hablaban y hasta contaban uno que otro chascarrillo para impresionar a la dama que hacia el papel de juez ante aquella batalla chusca y sin sentido, cada uno hacia lo que podía, al fin y al cabo en la guerra y en el amor todo se vale, solo les faltaba sacar la lengua y ladrar para impactar mas a la que seria la futura novia de alguno de los dos. Sadrac empezó melosamente a hablarle de cosas bonitas, a alagar hasta las nubes su impresionable belleza y a convertirse en su sombra todo el tiempo que le fuera posible, la belleza descomunal de esa joven lo traía de cabeza y todo valía la pena para poder andar con ella. Las semanas fueron pasando y por fin llego el momento en que Sadrac no pudo esperar más y una tarde le declaro todo su amor a la joven cautivadora.

---Oye, Vicky, ¿te gustaría ser mi novia?.

Virginia abrió mas los ojos haciéndose la sorprendida.

---Hummm................, no se, déjame pensarlo.

Siempre las muchachas ante una declaración de esa magnitud les gusta hacerse las interesantes y tener al pobre infeliz en ascuas, esa espera podía ser de un día, dos, tres o hasta de una semana, a pesar de saber de antemano lo que le van a contestarle al joven, de cualquier forma saben perfectamente que el muchacho esperara lo que sea necesario pues lo tienen comiendo se su mano.

Paso una semana y el si de Vicky hizo que Sadrac brincara de gusto, tenia todo el derecho de darle un beso, así es que sin perder mas el tiempo el tan ansiado beso no se hizo esperar, al fin Sadrac estaba disfrutando de los labios frondosos y apetitosos que tenia Vicky, los beso con delicadeza pues sabia que era una flor difícil de conseguir, una flor delicada y tierna, todo su esplendor estaba ahí, frente a el, toda para el, sin embargo era tanto su amor y admiración que no se atrevía a sobrepasarse con ella, la respetaría como lo que era, una verdadera dama, desde ese momento Vicky se convertiría en su musa, con ella sus sueños serian bonitos y placenteros, sus ojos no tenían que ver a nadie mas, Vicky era su reina, lo mejor que había podido darle la vida en ese momento.

* * * * * * *

Cuando Mario supo que Virginia le había dado el si a Sadrac, ardió en celos, sin embargo Mario era todo un caballero a pesar de ser tan joven, un día de los que practicaban, Mario aprovecho un leve descanso que tuvieron para ir y felicitar al afortunado.

---Ya supe que andas con Vicky, heee picaron.

Sadrac se sonrojo pero a la vez se inflo como pavo real.

---Si, ya somos novios.

---Realmente te felicito, los dos hacen muy bonita pareja.

---Gracias Mario.

...ahora Sadrac tenía buenas razones para no dejar de asistir a las prácticas de danza folklórica, su amor estaba presente en cada práctica.

Pasaron los meses y los jóvenes practicaban arduamente para el concurso de danza folklórica que se celebraría el mes de junio,solo tenían un mes mas para seguir ensayándolos trajes regionales están hechos, la coreografía, los pasos, las sonrisas fabricadas que cada bailarín tenia que llevar en su rostro para quedar bien con los jurados y con el publico, no podía haber errores, habían practicado mucho para ese momento y ellos representarían a todos los estudiantes de su escuela. La meta, ganar el primer lugar, serian elogiados, alabados y hasta idolatrados por la escuela entera, tendrían sus fans y puede que hasta les pidieran autógrafos, eso ayudaría para que Vicky se enamorara mas aun, pero había algo con lo que Sadrac no contaba, Vicky era una muchacha muy especial, a pesar de ser clase media, su madre la había impuesto a sentirse parte de la burguesía, simplemente querían formar parte de una sociedad que finge tener opulencia cuando la realidad es otra, ¿porque? Eso jamás lo voy a entender.

Sadrac y Vicky acostumbraban ir de paseo los domingos a cualquier parte que se les ocurriera como es lo habitual entre los jóvenes enamorados en gran parte de México, sobran lugares a donde acudir para pasar un grato agradable, los teatros de cine, los parques, ir a comprar algún helado o simplemente pasear por las calles para unir esos corazones de tortolos que se están conociendo mutuamente. Pero el amor cuando es correspondido es hermoso, a fin y al cabo es el sentimiento mas sublime que puede tener el ser humano, la nobleza de una persona se refleja cuando hay amor, no solamente por el amor de una mujer sino por el mismo prójimo.

Al principio todo marchaba sobre ruedas, los dos enamorados paseaban de la mano por las calles de la tierra de los alacranes, admirando sus calles, las palomas que suelen posarse frente a la iglesia catedral en la famosa plaza de armas, camiban tomados de la mano rumbo al parque guadiana, al parque zahuatoba, al jardín de la vizcaya, al cerrito del calvario y cruzaban de orilla a orilla por la famosa avenida veinte de noviembre y la cinco de febrero que era por donde estaba la casa de Vicky. Para ese tiempo Sadrac se alejo un poco de sus amistades, quería vivir solo para ella, respirar para ella y ser todo para ella, en ese mismo tiempo Sadrac estaba conociendo nuevos estilos de música y corrientes diferentes, su tío le había prestado unos discos de un frances llamado Jean Michelle Jarre, su música era algo diferente, nunca había escuchado algo parecido, simplemente le agrado, se envolvió con ese estilo de música en la que había piezas en donde lo hacían volar e imaginar que corría de la mano de su amada pisando nubes de algodón, pero ese músico frances no fue el único que conoció, influenciado con esa nueva corriente, empezó a buscar e indagar sobre el tipo de música esa, descubrió a un Griego llamado Vangelis, alguien le dijo sobre el y corrió a la tienda a buscar música de el también, encontró uno,{opera sauvage}su música era melancólica, relajante y apasionada, empezó a escuchar música de este tipo, de cualquier forma era fiel a su heavy metal, AC/DC, Saxon, Accept, Merciful fate y Rush lo enloquecían, la otra música lo relajaba y lo incitaba a la meditación; durante esa epoca Sadrac tuvo varios cambios pues le dio también por improvisar poemas, o mas bien lo que el llamaba poesía.

En un jardín lejano
Habita una bella flor
Sus pétalos son hermosos
Asi como su color.

El joven e inexperto poeta se llenaba de ispiradas ideas para escribir todo lo que a su mente llagara, pero todo pensando y dirigido a su amada novia para la que el de desvivía a diario.

Paso el mes de Mayo y llego Junio asiendo alarde con su acostumbrado calor, pero los jóvenes son fuertes y para esas fechas el clima de Durango era fresco y agradable incluso en los meses mas calurosos, mientras que en su estado vecino Torreón, Coah., no tenían que poner los pollos en el cocedor, solo bastaba con sacarlos un par de horas a la calle para que se cocieran y hasta terminaban dorados debido al calaron que cada año azotaba a la comarca lagunera.

---El concurso de danza esta al pie de la puerta, tenemos que dar lo mejor de si muchachos, esperó y no me defrauden,hemos ensayado mucho y tenemos que demostrar que somos los mejores, representaremos a nuestra escuela con orgullo poniéndola en alto.

La maestra Blanca Jiménez parecía militar mas que otra cosa, estaba apasionada con esa competencia en donde su reputación como bailarina profesional de danza folklórica estaba en juego, no podía fallar, habían estado practicando por meses y esto tenia que salir a la perfección.

---No se me pongan nerviosos, estarán escuelas de todo el estado de Durango, Gómez Palacio, Rodeo, San Juan del río, Canatlan, El salto, Santiago Papasquiaro y demás pueblos y rancherías que se me escapan de la cabeza, por favor, si es posible pongan algún santito de cabeza para que no les falle nada ese día, tu Joaquín.

Se dirigió a Joaquín mirándolo directamente a los ojos

---Tú tienes gran habilidad y tus pasos son ligeros, pasa adelante con tu pareja de baile.

Joaquín se puso al frente junto con Estela, su pareja de baile, prontamente la maestra puso la música para que bailaran a forma de ensayo y para ver su soltura.

---Les pondré un chotis primero, después todos practicaremos una polka y terminaremos con el jarabe tapatío, el próximo sábado es el concurso asi que hice arreglos para este sábado temprano ensañaremos en el mismo teatro para familiarizarnos con el foro y la plataforma.

---¡Que bien!.

---¡Yuupii!

---¡Que a toda M!.

Se escucharon varias exclamaciones de júbilo entre los alumnos ya que todos esperaban con ansia el tan esperado festival.

---Los quiero a todos puntuales a las diez de la mañana en el teatro del PRI, por ahora es todo y derechitos a sus casas no se me desbalaguen por ahí.

La maestra los despidió y cada uno tomo diferente destino. Como era de esperarse Sadrac acompaño a su joven novia hasta la puerta de su casa, Nora aprovechándose apunto para irse con ellos ya que Virginia y Nora eran también vecinas, los tres tomaron el primer colectivo que paso ya que las practicas se realizaban en la casa de la maestra que se localizaba en la colonia del maestro(irónicamente), la casa de Vicky estaba localizada en la zona centro de la ciudad, de cualquier forma la ciudad de Durango para esos tiempos no era tan grande y fácilmente la distancia no era mas que de unos treinta minutos de camino.

Camino a casa Sadrac llevaba abrazada a su reluciente novia mientras esta no cesaba de hablar con Nora sobre cosas que para Sadrac no tenían ni la más minima importancia. Al llegar a la casa de Vicky estaba la mamá de esta en la puerta esperándolos, su rostro reflejaba preocupación, Sadrac fue el primero en sorprenderse ya que la mamá nunca acostumbraba hacer ese tipo de cosas.

---¿Como esta señora?

Saludo cortésmente Sadrac a su suegra.

---Bien, gracias, Quintana.

La mamá de Vicky prefería llamarlo por su apellido en vez de por su nombre, nunca se le pregunto el porque, mañas o preferencias de la gente mayor tal vez, que va uno a saber.

---Ya estaba un poco preocupada por ti mi`ja, mira no mas la hora que es.

---No se preocupe señora

Intervino Sadrac al instante para salvar de una posible regañada a su amada novia

---terminamos un poco tarde el ensaño de ahora pues ya dentro de una semana es el concurso, por cierto, ¿va a ir señora?

Sadrac astutamente le empezó a desviar la plática para que a su suegra se le olvidara el incidente de la llegada tarde y no castigaran a Vicky.

---No se Quintana,cuando dices ¿que es el concurso?

---Es el próximo sábado señora, empezara desde la mañana pues parece ser que van a ir todas las escuelas del estado.

---O sea que se va a poner buena la cosa he

---Pues parece que si,a propósito, si va a dejar ir a Vicky, ¿verdad?

---Si, yo pienso que si, bueno muchacho, creo que ya es tarde y tu madre ya a de estar preocupada también por ti, ya mañana se siguen viendo.

La mamá de Vicky no dio chance ni a despedirse con un beso ya que no se metió sino hasta que Sadrac se fue y ella poder cerrar su puerta.

El joven enamorado se fue rápidamente a su casa con un poco de temor pues ya era un poco tarde, pero a la vez se fue feliz, feliz de tener esa suerte, sentía que traía a la mujer mas hermosa de todo Durango, se sentía afortunado, gozoso, alegre, jovial; Su casa no estaba realmente lejos y aparte de eso tenia buena condición fisica, así es que en unos cuantos minutos Sadrac ya estaba en la puerta de su casa, Fátima, su madre ya estaba también un poco preocupada pero al ver que su pequeño casanova entraba sano y salvo sintió un alivio y sin decir nada se fue a la cama a tomar un merecido descanso ya que ese día había sido largo y agotador para ella pues trabajaba como secretaria en una de las oficinas de la universidad, si de algo tenia que estar orgulloso Sadrac, era precisamente de su santa madre pues esta se mataba literalmente por darle a el lo mejor incluyendo una buena educación, cosa que Sadrac no estaba aprovechando del todo pues el faltar a sus clases que eran su única responsabilidad, no lo estaba asiendo, de cualquier forma Sadrac seguía con su vida hecha de fantasías y castillos en el aire, loco por su novia, un fanático a la música rock y todo un campeón a la hora de jugar basket ball, por ropa, sus padres se la daban, comida, esa nunca faltaba, ¿que mas podía pedir?

* * * * * * *

El sábado diez de junio del año en curso se llevo a cabo la tan esperada competencia, festival o concurso, como quiera usted llamarle de danza folklórica a nivel estatal en el bello estado de Durango, la tierra del cine y cuna de Pancho Villa, estaban ya reunidas todas las escuelas secundarias habidas y por haber en ese pequeño teatro al que le llamaban del PRI, la competencia empezó desde las diez de la mañana y termino casi a las siete de la tarde debido al numero tan grande de competidores; hubo escuelas que se lucieron tanto con los atuendos así como las piezas que ejecutaban, fue realmente un derroche de folklor, saltos, gritos y zapatazos, todos los estudiantes pusieron lo mejor de si y nadie se quería dejar de nadie, por fin llego el veredicto final y se anunciaron los tres primeros lugares, el tercer lugar se lo llevo la secundaria numero catorce del pueblo peñón blanco, segundo lugar fue otorgado para la escuela secundaria numero uno, al escuchar esto todos saltaron de gusto pues no había sido nada fácil quedar en segundo lugar ante una competencia tan difícil ya que aproximadamente eran como cincuenta escuelas por todo, desde el publico se escucho el grito eufórico de alumnos, maestros y padres de familia que habían ido a presenciar tal evento, entre eso gritos sobresalió momentaneamente la voz del padre de Joaquín que decía:

---Ese es mi`jo chingaoooo

Afortunadamente el estruendor de la gente apagaba la euforia del aquel hombre que gracias a dios no llevaba pistola alguna que si no hubiese sido capaz de disparar al aire de tanta emoción que lo ahogaba en ese momento.

* * * * * * *

El lunes a primera hora el director de la escuela mando llamar a la maestra y todos sus alumnos que habian tenido participación en el evento, personalmente los felicito y tuvieron la dicha de estrechar su mano cada uno de ellos, por mucho tiempo la secundaria no recibía ningún premio y ese había sido el primero desde hace mucho tiempo atrás, se coloco el trofeo en la vitrina de la escuela que se encontraba dentro de la misma oficina directiva en donde podía ser admirado por cualquiera que gustara hacerlo, no faltaron los curiosos que se asomaban no tanto para ver el dichoso trofeo sino mas bien por el morbo de saber que estaba pasando. Todos y cada uno fue saliendo de la oficina del director con sonrisas de oreja a oreja y con el pecho inflado.

Sadrac aprovecho la ocasión para darle una vueltecita a su amada Vicky ya ella estudiaba en el turno de la mañana, logro verla de lejos sin que ella se diera cuenta, con eso se conformo el joven enamorado,regreso a casa se fue caminando por una avenida larga y tranquila que lo llevaría directo a su domicilio, llevaba consigo unos walkman que en ese tiempo estaban de moda, Sadrac iba absorto en la música que escuchaba, traía consigo un cassete que le había grabado su amigo el torso de un grupo llamado {metal church} y por el otro lado traía grabado al grupo {destructión}, eran bandas de rock con música realmente estridente, Sadrac influenciado con el estilo de la música se sentía dueño de por donde caminaba, de la calle, de todo, sentía que el mundo estaba a sus pies y esa música era todo en ese momento.

CAPITULO

III

El tiempo fue pasando y con este la escuela llegaba a sus últimos días, la relación de Sadrac con Vicky no era realmente del todo buena a pesar de que el estaba loco por ella, tal vez la vanidad femenina, tal vez falta de amor por parte de ella, confusión, cual fuese el nombre. Virginia no demostraba un amor pleno como el se lo demostraba a ella, no había cosa que ella pidiera porque el se lo llevaba hasta de rodillas, la consentía, la mimaba, la protegía, ella era todo. El se convirtió en su esclavo, en su juguete, Sadrac lo sabia. Aun así, se aferraba a no perderla, no soportaba la idea de que anduviera con otro, de que otra boca la besara, de que otras manos la acariciaran, el nunca la había tocado, nunca se habia atrevido a acariciarle sus glúteos, sus senos, jamás, la respetaba como la dama que ella era. Sin embargo, Sadrac había cometido un grave error que lo haría perderla. Virginia Quiñónez en silencio se lo gritaba, se lo exigía, se lo suplicaba, se quemaba por dentro, quería que un hombre la hiciera sentir mujer, quería sentir esas manos toscas apretando sus carnes que se derretían ante un calor infernal que la quemaba por dentro, sus pechos erguidos, sus piernas firmes, sus nalgas dispuestas a pararse a la mas minima provocación masculina, que mejor que el, Sadrac tenia todo un volcán listo para escalar y no se dada cuenta, el prefería respetarla, la amaba tanto que no quería perderla, mas sin embargo la estaba perdiendo; Sadrac comprendió muy tarde que las mujeres son complicadas, son frágiles pero a la vez de hierro, a la mujer, ni todo el amor ni todo el dinero, ya era tarde, Sadrac Quintana había dado todo el amor, por primera vez lloraría por una mujer, por primera vez una mujer lo haría sufrir.

Eso fue pasando paulatinamente, ella se mostraba apática, indiferente, empezó a salir con muchachos a escondidas de Sadrac, a el; los celos lo mataban, tenia intuiciones, presentimientos, dudas, temores, en fin Sadrac se volvía loco por Vicky y ella no lo veía o mas bien no lo quería ver.

¿Quieres ir al parque mi amor?

Pregunto Sacrac mientras caminaban sin rumbo fijo por una de las tantas calles de la ciudad, no sabia como darle gusto.

---Hay no! parecemos rancheros

El amor es ciego. No cabe duda, Sadrac todo lo soportaba, con excepción de que lo engañara con otro, eso no lo soportaría nadie, aunque Sadrac estuviera muriéndose por ella, la quería para el y solo para el. El noviazgo siguio su curso y esa relacion de altas y baja duro hasta que ellos salieron de la secundaria. Una etapa mas empezaría y al salir de la escuela vendrían cambios que Sadrac ignoraba.

Fátima, su madre se oponía rotundamente a que su hijo estudiara en lo que era un ambiente universitario, a pesar de que la familia entera había crecido dentro de una atmósfera izquierdista, su tía Flor, hermana mediana de Fátima trabajaba como secretaria para el colegio de ciencias y humanidades, Rosa Linda igualmente prestaba sus servicios para la preparatoria nocturna, la fama corría dentro de la familia como universitarios de corazón, por eso, fue realmente una sorpresa para todos el que Sadrac ingresara a estudiar a una escula técnica a pesar de que Sadrac se oponía. Sus corajes, protestas y rabietas no le sirvieron de nada. Su madre estaba decidida a mandarlo a cualquier bachillerato para una carrera técnica.

---Pero mamá, no me gustan las carreras técnicas

---lo siento mucho, pero al CCH tu no te me vas, ni a la preparatoria diurna ni a la nocturna, conozco perfectamente el ambiente de las escuelas de la universidad y definitivamente mi ultima respuesta es un no.

A Sadrac no le quedo de otra más que empezar a investigar escuelas a donde ir y al parecer encontró la perfecta para asistir pues a esa escuela también iría Vicky, el amor de su vida. Pero ahora Sadrac tenía otro problema que resolver, ¿que carrera escogería? Las carreras técnicas no le gustaban, le aburrían, no les encontraba ningún chiste ni sentido estudiar algo a lo que de antemano seria un fracaso. Vicky escogió la carrera de contabilidad, el por su parte decidió estudiar administración de empresas con el profesor y único que impartía esa clase, el profesor Díaz Serrano, un tipo que parecía lo habían sacado de una de las alucinantes pinturas del famoso Salvador Dalí. Al verlo, Sadrac tuvo que hacer un esfuerzo para no empezar a reír, un tipo flaco, calvo, de bigote alargado y curvilíneo que parecía mas bien cola de alacrán mas que un simple bigote, ojos saltones y con gafas de fondo de botella. En su salón también estaba su compañero de secundaria y de baile, Joaquín. Al principio de clases los alumnos se sienten tímidos en ese nuevo ambiente, obedientemente hacen todo lo que se les dice y marchan como hormiguitas de clase en clase sin faltar a ninguna, con respeto, miran al maestro aunque este parezca caricatura o su carácter sea despótica; los maestros saben estas cosas y muchos de estos abusan de sus nuevos alumnos recién ingresados quienes actúan tímidamente como cachorritos dentro de una jaula en donde a su alrededor solo hay leones.

* * * * * * *

A mitad del primer semestre la relación caduca de Sadrac con Vicky había terminado definitivamente, fueron de mal en peor y ese noviazgo poco a poco se fue enfriando, tal vez no para

Sadrac pues en silencio la siguió amando, su eterno enamorado, ese amor fue para siempre, pero ahora lo haría solo en silencio, ya no podría besarla, mucho menos acariciar esa hermosa carita que por tantas noches le había quitado el sueño. Vicky al poco tiempo se consiguió a otro pretendiente. Carlos, un chaparro gordo con la cara cubierta de barros y espinillas, la gente les apodo la bella y la bestia, nunca se supo si Vicky lo hizo solo para darle celos a Sadrac o hubo interés de por medio, ya que Carlos era el hijo de es jefe de departamento de transito. Un día, después de escuela Sadrac caminaba rumbo a su casa y por azares del destino los alcanzo cruzando un parque, Vicky jamás se dio cuenta que Sadrac les seguía los pasos, iba a unos cuantos metros detrás de ellos, los dos nuevos enamorados caminaban abrazados, el volteo para atrás y vio que venia su viejo rival detrás de ellos, con malicia e intencionalmente astuto, el tipo le agarro una nalga a Vicky, esta no hizo el mas mínimo espaviento, no hizo absolutamente nada para evitar el tan atrevido suceso; Sadrac sintió como si le echaran un baldazo de agua helada desde su cabeza hasta los pies, simplemente le aminoro el paso y se fue retirando de la "feliz" pareja permitiendo que estos avanzaran y se alejaran de él, al llegar a su casa, Sadrac reventó su mochila contra la pared de su cuarto, apretó los puños y rabiando de coraje empezaron a rodarle por sus mejillas gotas que salían de sus ojos sin que el pudiera hacer nada para impedirlo.

---¿Porque? ¿porque?, yo que siempre te respete, te tenia en lo mas alto, nunca fui capaz de faltarte al respeto, ni siquiera de hacerte sentir mal, ¿porque amor mío? ¿porque?

Sadrac se lamentaba en su cuarto y a solas sin que nadie lo escuchara pues en ese momento la casa estaba vacía, su padre Tonatiuh se encontraba en su trabajo y su madre había tenido que salir. Desgraciadamente la vida es cruel y nos enseña de la peor manera y esa manera muchas veces es sufriendo. Instintivamente Sadrac tomo un cuaderno y una pluma y saco todo lo que sentía tratando de hacer un poema que en ese momento le brotaba de su imaginación, fue una poesía simple de quien apenas empieza a querer desarrollar un arte y no sabe como, pero que tiene el deseo y la mejor intención de hacerlo.

Yo que la quise
Y aun la quiero
Dime que es mentira
Y esto es solo un sueño,
Y este dolor que traigo
Y me carcome por dentro
Pues perdí a mi amada
Mas la llevo aquí adentro.

Sadrac escribía lo que sentía, sacaba en ese momento esa depresion que lo ahogaba, lo sumía en el fango de la tristeza y la decepción, no sentía merecer eso, solo le quedaba una salida, como decían los adultos, darle tiempo al tiempo, ese magnifico consejero que se encarga de cobrar las cuentas sin pagar y darle a cada quien lo que merece, actuaría como si no le importara, la ignoraría, buscaría otra mujer con quien sacar su dolor y sacaría a esa mala mujer de su vida una vez y para siempre, Virginia Quiñónez no merecía ese amor tan limpio y puro que el le tenia, al menos no se lo demostraría mas, aunque la realidad fuera otra, la verdad esque Sadrac jamás dejaría de amar a esa mujer, no importaba cuantas novias tendría de aquí en adelante, Vicky seria el amor que nunca olvidaría.

Las cosas cuando empiezan mal, mal acaban. Sadrac ya no faltaba tanto a clases como cuando estaba en la escuela secundaria, aún así, seguía asistiendo de mal modo, Esa escuela no era de su agrado, las clases se le hacían aburridas y monótonas, en especial la de administración de empresas con el profesor Díaz Serrano; no tenia motivaciones, nada que lo impulsara a estudiar con empeño como la mayoría de sus compañeros, él sabia que entrar a esa escuela no era fácil pues de hecho muchos trataban de hacerlo sin resultados positivos, fue cuando su madre para estimularlo y se esa forma le pusiera mas ganas a las materias decidió acomodarlo para que trabajara sin goce de sueldo, algo así como un tipo de trabajo social, en una difusora local de cultura, la famosa Radio Cultura de la ciudad de Durango.

---Hable con mi jefe, el rector de la universidad para haber si te pueden dar una chancita de trabajo en radio cultura, ¿que te parece?

---súper, ¿cuando empezaría?

---no lo se aun, pero me dijo que me comunicara con Víctor Navarro el director de la radio, pero ¿sabes que? mejor le hablo a la Silvia, la esposa de Víctor, la conozco bien y se que ella me ayudara a que entres a la radio.

---Que suave mamá, me encanta la idea, ¿como de que crees tu que me pongan? o ¿en donde? Ho ¿que?

---No pues ahorita no sabría decírtelo, es muy pronto, lo mas probable es que te pongan a ayudarles en algo, no se, pero de algo si estoy segura, vas a aprender.

A la semana después Sadrac empezaba en su nuevo trabajo dentro de la única difusora cultural de Durango, al comenzar su nuevo día se presento con Víctor Navarro, director de la radio, su trabajo dependía de seleccionar los discos de música clásica, tenía que escuchar uno por uno para saber cual estaba en mal estado y cual no; a Sadrac eso se le hizo un trabajo descomunal pues eran cientos de discos los que el tendría que escuchar por horas y horas, días, semanas y tal vez hasta varios meses, era algo así como una tortura para sus oídos, Sin embargo lo acepto con gusto, o al menos eso fue lo que aparento.

A las pocas semanas Sadrac ya sabia distinguir la diferencia de la música en cada compositor,Vivaldi es mas alegre que la mayoría de sus contemporáneos, Joan S.Bach, Mozart, Chopin es el que murió en un basurero, sabía de pe a pa la historia que había enloquecido a una mujer al terminar la obra de el bolero de Ravel cuando este la hubo estrenado; sin saberlo aun, ese joven rebelde se estaba convirtiendo en un pequeño intelectual de la música en todos sus géneros, de vez en cuando también le gustaba hacer trampa, se adelantaba con uno o dos discos y los anotaba como en buen estado y por mientras se ponía a escuchar cassetes de música rock que el jamás había escuchado con anterioridad, de esa forma conoció la vanguardia de lo que es el rock progresivo europeo, hasta ese tiempo el solo había escuchado a grupos como Génesis, yes, pink floyd, jetro tull, king crimson, emerson lake & palmer y así por el estilo, pero Sadrac poco a poco iba incursionando en un mundo de el que después no podría salir tan fácilmente, el rock arte o rock progresivo lo incautaba cada vez mas como un gigantesco pulpo atrapa a sus victimas sin que estas puedan hacer nada para safarse; Sadrac estaba atónito con esa música, estupefacto con la forma en que tocaban esas nuevas bandas que el jamás había tenido la suerte de disfrutar y menos aun, nadie, ni siquiera su tío que conocía tantos grupos le había hablado de ellos antes, nuevos grupos entraban en sus repertorio mental, el grupo italiano banco del mutuo soccorso, premiata forneria marconi, los franceses de magma, ange, monalisa, art zoyd, los ingleses de Henry cow, art bears; Sadrac empezó a buscar información donde podía, compraba revistas y revistas, la tira musical (sonido)salía para esos tiempos, empezó a devorarse toda la información que encontraba sobres esas bandas, se dio cuenta de que era música que valía la pena escuchar, el rock progresivo es una influencia de corrientes musicales como el jazz, el blues, la música clasica y corrientes folklóricas de diferentes partes del mundo según sea el grupo.

* * * * * * *

Después de un buen tiempo, Sadrac había superado un poco la difícil tarea que se había propuesto el mismo de olvidar a Vicky. Esa mujer que lo había herido y apenas sus dolorosos recuerdos empezaban a quererse esfumar, pero había algo dentro de el que se aferraba a seguirla recordando, tal vez la terquedad, tal vez el amor tan grande que le tenia o tal vez la costumbre que se había confundido con el amor, costumbre, amor, el tiempo lo diría, por ahora Sadrac estaba absorto con su trabajo, le había agarrado sabor casi desde el principio y se estaba enamorando de ese lugar mágico en el cual cada día aprendía algo nuevo; las personas que laboraban en esa difusora era gente amable, culta, preparada y el charlar con ellos era sinónimo de conocimiento pues casi siempre sus platicas eran elocuentes y amenas, él director de la radio por ejemplo, Víctor, ese hombre era de un temperamento pasivo, sus bromas las hacia siempre con una seriedad impresionante y algunas veces cualquiera se podía pensar que estaba hablando en serió, pero en realidad le estaba tomando el pelo a mas de dos, al final soltaba una leve mueca de burla dando a entender la ingenuidad de la victima. Estaba también Leandro Gustamante, el se encargaba de seleccionar la música que se pondría durante las transmisiones diarias y los horarios en que se tocaría cada melodía, Leandro era un tipo agradable de carácter, de complejidad delgada y caminaba un poco encorvado, usaba anteojos de fondo de botella y siempre gustaba andar con las camisas fuera del pantalón, el fue un maestro singular para Sadrac al hablarle de música y de sus influencias, se hicieron grandes amigos a pesar de la diferencia de edades, a Leandro le gustaba acoplarse al carácter de Sadrac y a responderle todas y cada una de sus preguntas sobre grupos, música y mas música.

Al medio año de Sadrac estar trabajando en la radio, ya sabia bastante de música, al menos mas que la mayoría de sus compañeros de escuela o jóvenes de sus edad; un día Sadrac estaba en la escuela con un grupo de compañeros cuando se acerco un joven de cabello lacio, bajito de estatura y tez moreno claro, Sadrac ya lo había visto anteriormente y no le era muy agradable a pesar de que el joven nunca le había dado motivos para que este tuviera este tipo de sentimientos para con el, Sadrac traía consigo unos cuantos discos entre los cuales estaba el de Peter Gabriel, donde la portada lo muestra con el rostro derritiéndosele, el joven se le acerco con un instinto curioso como el de un niño que ve un juguete.

---Que portada tan mas alucin... ¿quien es?

---se llama Peter Gabriel, pero no creo que lo conozcas.

Respondió Sadrac un tanto cortante sin prestarle demasiada importancia al curioso.

---La verdad esta de aquellas esa portada, nunca lo había visto, pero ¿que tipo de música toca?

---Peter Gabriel fue el vocalista del grupo Génesis y su música es del estilo rock progresivo.

Contesto Sadrac tajante para impresionar un poco al intruso, pero lejos de ahuyentarlo resulto lo contrario pues Carlitos, como lo conocían todos en la escuela, mas se empecino a saber mas sobre esta música que no conocía y su instinto y curiosidad le decía que tenia que conocer, poco a poco se le fue metiendo a Sadrac sabiéndole llegar por lo que también era la debilidad de este; se fueron caminando desde la escuela hasta casi llegar a la casa de Sadrac, por el camino hablaron de todo tipo de música rock, el joven alumno escuchaba placido a su nuevo maestro y este se complacía de poner en practica sus nuevos conocimientos dándole unas cátedras sobre corrientes musicales a su nuevo alumno, discutieron sobre el heavy metal, rock en español y el plato fuerte, rock progresivo.

Sin saberlo aun, Sadrac conversaba con el muchacho que seria tal vez por siempre el mejor amigo que el tendría, incluso hasta cuando el fuera un viejo.

Carlitos se quedo complacido y mas que maravillado pues el solo conocía a los beatles, el hablarle de grupos como génesis, yes o le orme lo lleno de curiosidad y un hambre de escuchar a todos estas bandas, Carlitos babeaba por saber mas, lo deseaba, lo necesitaba, moría por escuchar algo de esa música, deleitar sus oídos con esas piezas musicales que lo llevarían al limbo aun sin antes saber como eran, la curiosidad era mas fuerte que todo, sentía que se volvía loco; al día siguiente busco a Sadrac para seguir hablando de toda esa magia musical, el quería saber mas y se lo exigía.

Sadrac con toda la calma del mundo, lo miro y le empezó a hablar de nuevo como quien habla de algo sumamente importante, la forma que tenia Sadrac para hablar de música era mas que contundente y firme, de esa forma no era raro que captara la atención de los que lo escuchaban.

---El rock progresivo surgió a finales de los años 60`s y principios de los 70`s,los padres del movimiento rock progresivo son los pink floyd y de hay se desprenden una bandada de grupos en su mayoría Ingleses como génesis, yes, king crimson, pero esos bueyes de king crimson se fueron lisos maestro, pues traían de baterista al Bill Brúford y ese cabron vale por dos, me cae.

Las platicas de Sadrac envolvían a Carlitos y a uno que otro que se interesaba en el tema, por lo tanto Sadrac seguía como de costumbre asistiendo a su trabajo en la radio y nutriéndose de mas música y conociendo mas sobre estos grupos que lo enredaban cuan arana en la red; no paso mucho tiempo antes de que Sadrac y Carlitos se hicieran grandes amigos, no solo por la música sino tambien en gustos y formas de pensar, los dos coincidían en travesuras planeadas por alguno y el otro le seguía el juego como si ya hubiera estado todo planeado desde con anticipación, así hacían ver su suerte a mas de uno en esa escuela, se empezaron a platicar sus confidencias mas secretas como dos grandes amigos que eran a pesar de llevar realmente poco tiempo con la amistad, Sadrac le platico con lujo de detalles su relación pasada con Virginia y a su vez Carlitos le platicaba de sus novias a Sadrac, solo les faltaba comer del mismo plato.

En ese mismo intervalo de tiempo, una tarde calurosa, con un cielo azul, limpio de cualquier nube que se entrometiera a echar a perder tan bello día, Sadrac jugaba un partidito de baloncesto cerca de sus casa, en el jardín de la viscaya con un par de amigos de por ahí cerca, sin percatarse aun, ya que este estaba idiotizado en el partido. Una bella joven lo observaba de cerca, ella era de estatura baja, morena clara y una gran sonrisa que reflejaba en su rostro el cual incitaba a conocerla. Al terminar el partido de Basket ball, la joven se acerco poco a poco de una forma astuta para que Sadrac la viera, este la miro sin fijarse mucho en ella y la invito a jugar, la joven dama empezó a tirar la bola de una forma un poco torpe y sin atinarle demasiado al aro, conforme pasaban los minutos y los dos de divertían, o al menos eso era lo que trataba de aparentar Sadrac, se fue fijando en la muchacha que de una forma coqueta muy natural sonreía graciosamente. La charla no se hizo esperar y pronto formalizaron salir a pasear el sábado próximo, a lo cual ella no dudo en darle un si para salir y conocerse.

El sábado por la tarde Sadrac paso puntualmente a recoger a su nueva amiga para llevarla a ver una pequeña obra de teatro en el auditorio de la universidad, la obra se intitulaba "los perros ladran de noche",era una obra realizada por estudiantes del taller de arte de la misma universidad en donde una de las locutoras de la radio tendría participación, se trataba de Rayito Monsibais, quien desde hace tiempo se dedicada a eso de la actuada aparte de trabajar como locutora de radio; la obra fue muy divertida pues trataba un poco temas como la corrupción de México y como todos se trataban de hacer de la vista gorda, policías, burócratas y pueblo en general, la música de fondo fue algo que le encanto a Sadrac pues era nada mas y nada menos que Vangelis, cosa que la compañera del joven adonis no conocía en absoluto. Ella se llamaba Dulce Herrera, esa primera cita fue la definitiva para que cupido una vez mas ejerciera su poder sobre el corazón de Sadrac, no había duda, la química surgió ese día y al día siguiente ya estaba Sadrac en la puerta de Dulce buscándola para pedirle que fuese su novia, esta no se hizo tanto del rogar pues en ese mismo momento le dio el si y sellaron el pacto con un tremendo beso que duro casi el minuto. Sadrac se despidió de ella con otro beso y como un chiquillo se fue corriendo y dando de saltos como un antilope tratando de huir de la presa, solo que esta vez Sadrac no escapaba de nadie, la felicidad descomunal que sintió en ese momento lo hizo actuar impulsivamente que hasta sin darse cuenta llego cantando y pegando de gritos a su casa.

---¿Por que traes hijo?

Pregunto Fátima un poco desconcertada.

---Nada mamá, nada, solo que vengo súper contento.

---¿se puede saber el motivo que te hace tan feliz?

---después se lo digo.

Sadrac trato de esquivar las preguntas que su madre le disparaba una tras otra como si fuera pistola de repetición, al final Sadrac no tuvo otra más que confesarle que ya traía otra vez novia y que esa era la causa de su felicidad.

---Hummm......! Solo espero y no te pase lo mismo que con la mentada Vicky.

---no me eches la sal `ma, no, esta se ve diferente, ya la conocerás.

---¿como se llama?

---Dulce, se llama Dulce.

---bueno, pues haber cuando se me hace conocer a esa Dulce.

La relación empezó a pedir de boca, Dulce y Sadrac se llevaban de las mil maravillas, salían juntos a todas partes,a comprarse helados e írselos comiendo mientras caminaban por esas estrechas calles que poco a poco iban siendo testigos oculares y silenciosos del amor que crecía dentro de los dos enamorados. Dulce no tardo mucho tiempo en adaptarse al carácter de Sadrac y este gozaba con la compañía de Dulce quien sumisa y cariñosa nunca sabía decirle no a su joven y gallardo enamorado.

Sadrac llevaba un estilo de vida rápido pero entretenido, estudiaba por las mañanas, trabajaba por las tardes y de noche visitaba a su muñequita, como solía el llamarle de cariño, Dulce lo esperaba con ansias contando los minutos, se la pasaba en la sala de su casa haciendo creer que estaba viendo la televisión pero la verdad esque solo estaba atenta del reloj, apenas tocaban la puerta y ella saltaba del sofá como si este fuera cómplice de su desesperación y corriendo a la puerta la habría con jubilo y emoción para recibir a Sadrac con un beso que lo dejaba sin aire por los siguientes cuarenta y ocho segundos.

---Hola mi amor, ¿como te fue? te he extrañado tanto mi chiquito.

Hooo!!! Que diferencia, Dulce era la terneza, era delicada, el amor desbordado dentro de ese cuerpecito de apenas 5`4 de estatura, esa gran sonrisa de oreja a oreja que la distinguía a diez km de distancia, físicamente hablando no era tan bonita como lo era Vicky, pero que corazón tan grande tenia esa joven, a fin de cuentas eso era lo que contaba, su amor, su entrega, Sadrac estaba convencido de que Dulce era la mujer que le convenía, ella lo haría feliz, se aferraría a ella pero no le demostraría su amor tanto como a Virginia por temor de que pasara lo mismo,esta vez tendría sus precauciones.

El tiempo fue pasando como es lo normal en cualquier relación y la pareja de enamorados gozaban de la vida y la juventud que tenían de sobra, fueron tardes largas y felices las que bajo la lluvia se declaraban amor eterno y juraban separarse hasta que la muerte interrumpiera esa hermosa relación de la cual los dos gozaban a plenitud; Dulce sentía admiración por su novio, le contaba a todas sus amigas de la escuela que el trabajaba en la radio y que también escribía versos, versos que ella sentía por las venas y la exitaban de tal manera que bajo las cobijas y a manera de culto mencionaba sus nombre mientras ella misma se estimulaba mientras todos dormían placidamente.

Una tarde nublada, la pareja salio a pasear como tenían siempre por costumbre, fueron al centro comercial {la soriana}a pasear un rato dentro de la tienda, y después, compraron unas golosinas para írselas comiendo durante su regreso a la casa de ella, un chubasco los sorprendió a mitad del camino y a estos no les quedo mas remedio que refugiarse en una casa a medio construir, vacía pero segura para los propósitos que la querían, Sin pensarlo dos veces buscaron refugio en la cochera de esta casa mientras el aguacero se calmaba un rato, fue entonces cuando Sadrac tomando a Dulce empezó a acariciarla con una pasión arrolladora y poco usual en el, poniendo así sus pechos al descubierto, los cubría con sus manos las cuales escalaban su cuerpo entero mientras sus dedos jugueteaban con sus pezones de una forma traviesa pero a la vez atrevida, ella no le quedo mas que dejarse dominar por aquel hombre del que ella estaba convencida seria su futuro esposo y amante para el resto de sus días, su respiración fue creciendo paulatinamente, su corazón palpitaba agitado como si hubiese corrido una maratón de veinte km. Sin parar, a los dos se les resbalaban gotas por el rostro, pero no era a causa de la lluvia, mas bien era el sudor de ese éxtasis frenético que los consumía a los dos por igual, así por un buen transcurso de tiempo los dos cuerpos se fundían en esas caricias hasta llegar a ser una sola persona, besos, caricias, lujuria, pasión, amor, todo estaba mezclado para hacer de ese pequeño momento algo único; la lluvia fue cesando poco a poco y los dos jóvenes calenturientos volvieron en si para seguir con su camino a la casa de Dulce, fue una experiencia inolvidable para Sadrac, esa noche había sido única, no hacia otra cosa que recordar como si fuera película repetitiva esas caricias,esos senos voluminosos que basaba y tocaba sin cesar como si fuese algo sagrado, Dulce, Dulce, repetía una y otra vez el nombre de esa mujercita que amaba con toda su alma, fuerzas y corazón; Vicky simplemente había quedado en el olvido, esa chaparrita de oro le había hecho olvidar a la que en un principio fuera o mas bien creyera, fue su único amor.

* * * * * * *

En aquel tiempo la universidad pasaba por una epoca critica, el cambio de rector se acercaba y eso significaba el despido para muchos empleados que tenían años sirviendo fielmente a la institución, todos hablaban del tema, no se dialogaba de otra cosa mas que de lo mismo, ¿quien seria el nuevo rector de la universidad?, había varios candidatos, pero solo dos de ellos representaban un verdadero peligro para los intereses de los trabajadores; el director de la radio estaba hecho un manojo de nervios, su futuro estaba colgando de un hilo, amaba su trabajo, pero sobre todo amaba a la radio, ese lugar mágico en donde era una verdadera escuela del saber, Sadrac también estaba un poco nervioso pues sabia que al salir el director Víctor Navarro, su futuro estaba en juego también, a pesar de que el no gozaba de un sueldo pues su labor era mas bien social, pero eso a el no le importaba, había aprendido a querer ese lugar y en parte también defendía los intereses de la misma.

El cambio de rector se realizo el 28 de Septiembre de 1987, los periódicos locales bombardeaban sus paginas con la notacia numero uno de ese momento, NUEVO RECTOR EN LA UNIVERSIDAD, encabezaban las primeras paginas, de inmediato y como era de suponerse el nuevo rector de la universidad de Durango empezó a meter a su propia gente destituyendo así a los antiguos trabajadores, entre la lista de despedidos estaba el nombre de Víctor Navarro, su esposa y algunas personas que se encargaban de cosas menores en la radio, lógicamente y como era de suponerse Sadrac también salio con el rabo entre las patas, aparentemente no le tomo demasiada importancia pues su juventud y la falta de responsabilidad que este tenia lo hacían ser un poco mas desahogado para ese tipo de problemas, de cualquier forma Sadrac no espero mucho tiempo y se consiguió otro trabajo para de esa forma mantenerse ocupado y poder tener dinero para llevar a su novia al cine o simplemente para pasear; su nuevo puesto fue la otra cara de la moneda al del radio, aquí sus labores consistían en llevar mensajes de una oficina a otra en la dirección de pensiones del estado, una cadena de tiendas que circulaban en Durango y eran la competencia de las tiendas soriana. Debido a las labores que tenia que desempeñar, Sadrac decidió salirse de la escuela a la que asistía y cambiarse a la preparatoria nocturna para de esa manera poder trabajar de día y estudiar de noche, al salir de la escuela pasaba un rato a visitar a Dulce y salir con ella sábados y domingos sin falta.

Las cosas no podian ir mejor para Sadrac quien relativamente al poco tiempo de su noviasgo con Dulce la tenia prácticamente solo para el,su relación era una relación casi de esposos ya que empezaron a comerse y a tomarse las mieles de la intimidad conyugal, así, los fines de semana en vez de ir al cine como cualquier pareja normal, estos corrían al hotel mas escondido que hubiera para dar rienda suelta a sus instintos carnales, al principio los dos eran un par de novatos torpes y vergonzosos, pero con forme el tiempo seguía su curso, este par de sinvergüenzas se iban haciendo cada vez mas diestros en el arte del amor sin ropa; sin ningún tipo de inhibición, vergüenza o timidez alguna se amaban sin temor a nada ni a nadie, esos cuartuchos feos y escarapelados eran testigos silenciosos del amor tan grande que se demostraban uno al otro, practicando toda clase de posiciones y escalando, descubriendo y examinando su bella y joven anatomía; juventud era lo que sobraba en esos momentos, Sadrac satisfacía las necesidades hormonales y físicas que toda mujer que ya una vez probando ese delicioso y apetecible postre, quiere mas y a su vez el gozaba con ese cuerpo de diosa que le entregaba la vida en charola de plata, escalando así toda su fina figura como si fuera de porcelana, se discurría como culebra por entre sus piernas, muslos, abdomen, brazos, cuello, para al final clavar el aguijón causante de tanta felicidad sobre ella.

Llegando la noche, salían escurridizos por entre las paredes buscando las sombras para no ser descubiertos por alguien que los delatara, tomados de la mano caminaban rumbo a la casa de Dulce, exhaustos, temerosos, pero a la vez contentos de haber derrochado tanto amor y pasión en una sola tarde.

Las sesiones se hicieron costumbre semana tras semana, al cabo de un tiempo ya eran conocidos en el hotel al que acostumbraban asistir para seguir practicando el arte del amor; mientras tanto el problema de la radio no daba señales de vida, el nuevo rector de la universidad hacia de las suyas y corría gente sin compasión alguna, una de esas tardes en que Sadrac raramente se encontraba en casa, se escucho el teléfono sonar, era Liliana, una de las locutoras de la radio y de las que habían corrido con suerte de seguir conservando su empleo.

---Sadrac, ¿como estas?

---bien, gracias, ¿que milagro?

---mira Sadrac, solo te estoy hablando porque quieren que tu regreses a la radio y eso no es todo, quieren que empieces un programa de rock por la radio y que tu seas el que lo haga.

Sadrac se quedo mudo por cuestión de segundos.

---escuchaste Sadrac, esta es una oportunidad que pocas veces se le da a alguien, ¿que piensas?

Sadrac rechazo la oferta, sabía que esa oportunidad no la tendría nunca, de cualquier forma Sadrac quiso ser solidario para con su ex jefe, Víctor Navarro, sus argumentos fueron de que el no traicionaría a la persona que le había dado la oportunidad de trabajar en la radio, a la vista y conciencia del joven esta seria una traición inperdonable aparte de ruin, sucia y mezquina, su rotundo no, dejó en claro que el no se asociaría a los nuevos integrantes de la radio; sin embargo Sadrac se moría por dentro, deseaba, anhelaba volver ahí, a ese lugar. recorrer los pasillos, entrar a las cabinas, poner, quitar música a su antojo, escuchar programas de información cultual, medicina, países. costumbres, ideas, gastronomía, ese lugar era mágico para Sadrac, ese lugar lo había trasformado en casi un año y ahora sus gustos diferenciaban de la mayoría de los demás jóvenes, con excepción de sus amigos íntimos, Carlitos, Rubén y Joel que compartían la mayoría de sus gustos e ideas, estos dos últimos mas grandes de edad que Sadrac, Joel por ejemplo lo conoció por Samuel Portillo, en una ocasión en que Sadrac en compañía de sus padres fueron a visitar a la tía Sagrario, al llegar como es de costumbre los adultos se envolviero en su propio mundo y sus platicas aburridas, Samuel vestía pantalón de mezclilla con una camisa blanca de manta y sandalias de cuero con suela de llanta, Sadrac lo observaba con el rabillo del ojo mientras este disfrutaba de una música hasta ese momento extraña e incoherente, él susodicho hombrecito, ya que Samuel era bajito de estatura y complexión delgada no se inmutaba en lo absoluto con las miradas un tanto desconfiadas de Sadrac como queriéndole decir, y ha este mono de donde lo sacaron, Samuel escuchaba a un grupo Frances de rock en oposición llamado Etron Fou Leloublan, después Samuel cambio el cassete al lado B y una voz fuerte y fúnebre de mujer empezó a escucharse en toda esa pequeña salita del apartamento numero once, calle lomitas de la colonia rinconada del sol; Sadrac se quedo mudo ante aquellas melodías tristes pero con un estilo único que el jamás había escuchado, venciendo su timidez y la desconfianza que le había dado hasta ese momento Samuel, Sadrac le pregunto.

---¿Quien toca esa música?.

---¿Te gusta?.---- Pregunto el, como esperando de antemano la pregunta.

---Nunca la había escuchado, es diferente, esta suave la rolita.

---Se llama NICO, es una alemana que toca undeground music, ella anduvo anteriormente con el grupo velvet undeground y también colaboro con Brian Eno.

---¿Que, me lo podrías grabar?

---Claro que si, no hay problema, en mas, mira, te regalo el cassete para que lo escuches si de verdad te gusto.

---Gracias, la verdad esta bien chida la música de esa chava.

---Yo no soy de aquí, vivo en ciudad Juárez, solo estoy aquí por vacaciones, Sagrario es mi cuñada y estoy visitándolos nada mas, pero ¿sabes que? Te voy a presentar a un camarada que tengo aquí, se llama Joel, le apodan el píldoras, ése bato es como mi carnal, a el le he regalado muchísima música, pídele lo que quieras y el te la graba.

---Órale, y ¿cuando podríamos ir con tu amigo Joel?

---Mañana, solo háblame para ponernos de acuerdo a que horas.

---Esta bien, y aparte de estos grupos, ¿tienes algo mas por aquí?

---No, la verdad vine muy vacío esta vez.

Los dos nuevos amigos empezaron hablar abiertamente del único tema que los unía he identificaba, la música, se hablo de toda clase de grupos, empezando desde los pilares del rock progresivo hasta terminar con grupos de rock en oposición, kraut rock y música electrónica como tangerine dream, Klaus Schulze, spacecraft y por ultimo compartieron opiniones sobre bandas raras como los Residents, faust y plastic people of the universe; esa noche se le hizo a Sadrac corta, estaba tan distraído con esa charla que simplemente no quería que llegara la noche y tener que irse, ése hombre chaparro y fachoso sabia mas de lo que el se imaginaba de grupos de rock. Con eso, Sadrac aprendió una lección que no olvidaría nunca, no volvería a juzgar a nadie tan solo por su forma de vestir.

CAPITULO

IV

Al poco tiempo después de que la locutora de radio cultura le hubiera hablado a Sadrac por teléfono, volvió a intentar persuadirlo un par de veces más sin resultado alguno, Sadrac se mostró firme en su decisión y no logro convencerlo por más promesas que le hizo.

Fátima, su madre se sentía orgullosa de su hijo debido al espíritu tan solidario que este mostraba y a tener un hijo tan agradecido y leal, lo cubrió de elogios, dándole a Sadrac esa confianza propia que lo empezaba a distinguir y que poco a poco iba formando su carácter de joven luchista y tenaz.

Dicen los viejos y sabios refranes que después de la tormenta viene la calma, el nuevo y recién nombrado rector de la universidad haciendo gala de su poder empezó a cometer nuevos atropellos en contra de una institución que por años y generaciones llevaba un patrón de vida ya establecido, los gritos de protesta no se hicieron esperar y los empleados y personas allegadas a la universidad empezaron a gruñir y vociferar en contra de este hombre que no dejaba de cometer estupideces; como era de esperarse, la voz del pueblo esta vez se hizo escuchar y el nuevo rector salio con la cola entre las patas, de esta forma el antiguo rector tomo posesión una vez mas de su puesto y como un rey victorioso este volvió a tomar el trono con todo y corona, todo empezó a volver a la normalidad dentro de la universidad, la gente despedida ocupaba una vez mas sus antiguos puestos y Víctor Navarro con sus fieles trabajadores tomaban posesión de la radio, todos con excepción de Sadrac, pues Víctor Navarro jamás le hablo por teléfono para que volviera a trabajar en radio cultura, en su lugar puso a un mentado Fermín Borrego, este seria el encargado de realizar, grabar y producir los radio programas de rock; Sadrac sintió que el cielo se le venia bajo, su depresión fue tanta que por tres días no salio de sus casa ni siquiera para ir a visitar a su hermosa y amada novia, ni muchos menos tenia ánimos de asistir a la escuela.

Un día sintió algo interior que lo empujaba a no darse por vencido, a luchar por lo que el quería, la juventud le sobraba, solo le faltaban agallas para arrojarse a conquistar el mundo, le demostraría a ese malagradecido de Víctor Navarro que con el o sin el podría salir adelante, nada lo detendría.

Muy temprano por la mañana de un miércoles Sadrac se preparo para ir al periódico "El resplandor de Durango", el informativo mas popular de la ciudad y el único ya que solo existían una par de periódicos que le hacían la competencia pero no eran lo suficientemente fuertes para quitarles clientela de lectores y muchos menos representaban ningún peligro, Sadrac llego hasta las oficinas del resplandor para hablar directamente con el director del mismo, no sabia quien era ni como se llamaba el hombre, pero eso si, Sadrac llevaba coraje, valor y sobre todo ganas de demostrar que el podía sin la ayuda de nadie, su idea tal vez era un poco descabellada para ponerlo en un periódico de tan buena reputación y calidad,pero para Sadrac era algo novedoso y atractivo, se trataba de una idea innovadora que a ningún joven se le había ocurrido antes, al menos en la ciudad de los alacranes.

---Buenos días, ¿podría ver al director del periódico?.

---¿Quien lo busca?.

---Sadrac Quintana.

---¿Tiene alguna cita con el?.

---No, solo quisiera hablar con el para proponerle algo.

La secretaria lo vio de arriba abajo por un par de segundos y por un instante titubeo para darle el pase.

---Huummm!!!dejame hablarle primero

---Gracias.

---Señor,lo busca un joven llamado Sadrac Quintana, quiere hablar con usted; OK señor, yo le digo que pase; pásele joven.

---Gracias.

Sadrac entro a la oficina del director del periódico, él Lic. Alfoso Dorado, era un hombre avanzado en edad y bajito de estatura, él Lic. Dorado se le quedo viendo fijamente a Sadrac con una mirada de curiosidad y a la vez de intriga por ver a un muchacho tan joven ir a proponerle algo a él, un Licenciado, un profesional, un perito del periodismo y sobre todo a un director de un periódico, el mas importante de el estado de Durango y con un tiraje de mas diez mil ejemplares a ciudades como Torreón, Saltillo y Mazatlán, pero dentro de su curiosidad también había un espíritu de ternura con aquel joven que valientemente te atrevía a vencer la timidez y el miedo para conseguir por su propia cuenta sus tan anhelados propósitos, él licenciado Dorado divago por unos instantes mientras veía caminar hacia el a Sadrac, recordaba cuando el apenas un muchacho también buscaba oportunidades e igualmente se arrojaba a buscar el éxito; Sadrac se presento y se planto delante de el con una mirada firme y a la vez inocente.

---Dígame jovencito, ¿en que le puedo servir?.

---Buenos días señor, mire, yo trabaje por un tiempo para la radiodifusora radio cultura, estuve trabajando por un año dentro de lo que fue el departamento de producción y ahora quisiera y usted me pudiera dar la oportunidad para colaborar para este importante periódico escribiendo notas sobre música rock en todos sus géneros, tanto de heavy metal como el rock de vanguardia de estos tiempos.

---Haber tráigame un ejemplo de lo usted quiere escribir este viernes y ya veremos haber que podemos hacer.

---Gracias señor, bueno que pase un muy buen día y aquí nos vemos el viernes, con su permiso.

Sadrac salio de la oficina del director con una sonrisa pintada en su rostro, irradiaba alegría; tendría que pensar cuidadosamente en que y sobre que escribir, tendría que hacer algo que le gustara al director del periódico, esta era su oportunidad y no podía desaprovecharla, tendría que pensar también en el titulo del articulo, que nombre le acomodaba a su primer escrito, realmente no era una tarea fácil, pero valía la pena, les demostraría a mas de tres que Sadrac Quintana también podía y por su propia cuenta, si señor, si se le cerraba una puerta iría a tocar otra, el tiempo apremiaba, Sadrac solo tenia dos días para pensar en algo y escribirlo, de pronto se le ocurrió algo genial, primeramente al articulo lo intitularia"SONIDOS DE VANGUARDIA", era un nombre original y llamativo para un articulo de música, empezó a escribir el articulo basándose en un libro que almacenaba desde hacia tiempo y sin mas demora empezó a ojearlo y leerlo con una agilidad asombrosa, su interés principal, recopilar ideas para lo que seria la iniciación de su nueva carrera.

Sin mas demora empezó a escribir el articulo, en el mismo hablo un poco de todo, pero muy en especial del movimiento de rock mexicano, tocó temas profundos y opacos para realzarlos, todos sabían que la empresa televisa acaparaba casi todo el medio y los únicos que sobresalían eran sus propios hijos, el llamado rock comercial, ese que te ponen por la radio cada día y a cada instante hasta que se le mete a la gente en el subconsciente y el inconciente la empieza a sacar sin que el individuo se de cuenta, total, en un par de días después de haber estado escuchando la "famosa" canción , la gente la empieza a silbar, cantar o tararear sin siquiera gustarle, curioso pero cierto; también escribió del otro rock, el que se margina, opaca y oprime para mantenerlo simpre al margen de un rincón sin que la gente lo conozca y solo sean unos cuantos que realmente valoren a esos grupos que de verdad aportan mensajes positivos tanto con su música como con su poesía a la juventud y poniendo a su país en alto ante otros continentes, por solo mencionar a algunos como ejemplo, cabezas de cera, iconoclasta, Jorge Reyes, José Fernández L., etc. el articulo fue de dos cuartillas y para el viernes por la mañana Sadrac estaba puntual en la oficina del lic.Dorado.

---¿Como esta señor?

---Bien, bien muchacho ¿y tu?

---Bien también señor, gracias, aquí esta el articulo que me pidió para ahora.

---Muy bien, déjamelo aquí y regresa el lunes para ver que pienso.

---Esta bien, bueno, gracias y que pase buenos días.

---Gracias Sadrac, tu también.

Sadrac salio del edificio de prensa y se dirigió directamente a ver a su querida Dulce, sentía que el mundo era suyo y eso lo tendría que festejarlo con la persona a la que mas se quiere aparte de la madre, su novia, la mujer que en esos momentos llenaba todos sus huecos y espacios, La mujer que tal vez el día de mañana compartiría todo con el y el todo con ella, sin perder el tiempo llego a la escuela de Dulce, pues esta estudiaba en un colegio privado la carrera de mecanografía y taquigrafía, Sin perder el tiempo pidió hablar con ella y una vez teniéndola de frente, le planto tremendo beso que esta no le quedo de otra mas que relajar el cuerpo entero y cobijarlo por el cuello con sus tiernos y delicados brazos, no les importo el espectáculo que estaban dando ante las secretarias de la institución, simplemente se dejaron llevar por sus impulsos carnales y el gran amor que sentían uno al otro conjugado esto a la atracción física hombre, mujer, mujer, hombre.

Las secretarias empezaron a cacaraquear y solo se podían escuchar a las distinguidas señoritas mascullar entre si, ya una vez terminada la demostración de afecto entre los novios este la saco para afuera para decirle y contarle brevemente el motivo de su gran felicidad, Dulce no tardo en brincar de gusto por el triunfo de su enamorado y premiarlo con otro delicioso y suculento beso, cualquier motivo era valido para celebrar con besos y caricias pues no existían las inhibiciones entre ambos, llevaban una relación casi marido y mujer, se conocían a la perfección y dada la madurez entre ambos no tenían secretos el uno al otro.

* * * * * * *

Al día siguiente, Sadrac Quintana se levanto desde temprano y fue a buscar a Carlitos para ir al parque guadiana a merendar unas gorditas de chile rojo y un jugo de zanahoria, no hay nada mas mejor que comer al aire libre y sobre todo si se trata de la gastronomía mexicana, nada se le compara, especialmente si esta es callejera, quién se puede resistir a unas deliciosas gorditas, taquitos, burritos, molletes, tortas y tantas y tantas comidas ambulantes que se venden en las calles de nuestro querido pais.Ya una vez satisfechos, Carlitos y Sadrac se adentraban en el parque rumbo a las canchas de basket ball para ver quien andaba jugando, mientras caminaban la charla se puso interesante.

---¿Y que dice tu novia?

---No pues hay anda.

---¿Y que, vas a salir ahora con ella?

---No se, quede de verme en la casa con unos cuates para ver unos videos de rock.

---Órale, ¿quien va a ir?

---No los conoces, pero si tu quieres ir a la casa para que los conozcas y también veas los videos, la verdad todavía no se ni que grupos van a llevar.

---No pues sobres, ¿como a que horas nos vemos en tu cantón?

---Caile como a las tres de la tarde.

El lenguaje coloquial que usan los jóvenes es realmente asombroso, usan palabras inventadas para dar a entender otras, que solo ellos se entienden y saben su significado; en las canchas de baloncesto no estaba nadie conocido y por lo tanto los dos amigos se regresaron por el mismo camino rumbo a la casa de Carlitos quien ya empezaba a conocer a algunos grupos de rock progresivo gracias a la ayuda y que Sadrac le grababa lo que podía.

---¿Y que ondas buey, ya escuchaste el cassete que te grabe de génesis?

---Ya, lo escuche todo, esta de alucin.

---Si, yo se, ese cabron del Peter Gabriel realmente estaba pesado.

---Yo lo que pienso es que estaban bien adelantados a su epoca.

---Pos si, la neta es que hay mucho de lógica en eso.

---Esa rolita de musical box, esta perrísima, la neta siempre que la estoy escuchando me elevo machin.

---No, ya ni chiflas buey, ahora si escucharas a los locos de el Il balleto di bronzo, me cae que te quedabas arriba.

---Que y esos que onda.

---Son italianos, pero la música esta de aquellotas, o por cierto Carlitos, ayer lleve mi reportaje al periódico, a ver si se me hace escribir cada semanita sobre grupos y cotorreos de música.

---No pos que buena onda, y que, ¿como se va a llamar?

---Se me ocurrió ponerle "sonidos de vanguardia".

---No pos, suena bien, suena bien, y que, ¿para cuando saldría?

---Todavía no se, tengo que regresar a hablar con el director este lunes para a ver que me dicen de lo que escribí.

---Hay me avisas.

Cuando llegaron a la casa de Carlitos este le empezó a sacar algunos discos que había conseguido de Led Zeppelin y se los empezó a poner en el viejo tocadiscos que conservaban desde algunos años atrás, la canción escalera al cielo fue la primera en apoderarse de aquella pequeña salita donde apenas cabían dos sillones, una diminuta mesita de centro y el viejo tocadiscos, el cual como si supiera su trabajo y fiel a su amo, tocaba magistralmente el disco sin que se escuchara nada de ruido o algún rayoncito se interpusiera a la atmósfera que reinaba mientras los dos jóvenes se imaginaban a Robert Plant desarrollando tan dulce y sublime melodía.

Pronto la mañana se fue y Sadrac tuvo que retirarse de la casa de su amigo para apenas tener tiempo de darse un baño y esperar a sus invitados, al día siguiente se juntaría otra vez con su amorcito y ya decidirían los dos a donde ir, si al cine, al parque o simplemente a seguir explorándose y amándose como casi todos los domingos lo hacían sin fallar a ninguna de las citas al amor.

El domingo a primera hora cuando aun todos dormían, Sadrac se puso de pie y se dirigió a la tienda mas cercana para comprar el periódico, un presentimiento y un instinto natural lo condujo a buscar entre los papeles el articulo que con tantas ansias había escrito, Sadrac sabia perfectamente que eso seria un imposible pues el lic.Dorado fue muy claro en decirle que solo daría un repaso y la respuesta la tendría hasta el lunes próximo, de cualquier forma Sadrac tuvo una ligera esperanza y se dio cuenta de que sus sospechas estaban bien fundadas. Fue bajo la pagina de cultura y sociedad en donde el articulo sonidos de vanguardia resplandecía la primera plana de la mencionada sección; Sadrac simplemente no lo podía creer, sus ojos casi se salían del asombro, sus pupilas se dilataron y sus labios se pusieron secos de la emoción, empezó a leer con gran avidez el articulo que el mismo había escrito, abajo del titulo estaba también su nombre, (por: Sadrac Quintana)lo leía y lo volvía a leer, fue corriendo a la recamara donde todavía sus padres dormían placidamente, con fuertes golpes en la puerta los hizo despertar como si realmente fuera una verdadera emergencia.

---Lo sacaron, lo sacaron.--- Gritaba eufórico Sadrac porque su articulo se había publicado en el periódico, El resplandor de Durango, lo leyó en voz baja, en voz alta, hizo que su madre lo leyera para todos y otra vez, Sadrac lo volvió a re leer para todos y también en silencio, escuchen.

SONIDOS DE VANGUARDIA

Por:Sadrac Quintana

La música rock desde la epoca de los 60`s ha surgido con una fuerza arrolladora, la llegada del movimiento Beatles causo furor entre las masas de jóvenes de todo el mundo, para finales de los 60`s y comienzo de los 70`s el rock se fue ampliando y sus raíces creciendo con la llegada de nuevos grupos y estilos de rock, pink floyd, Bob Dylan, Jimi Hendrix, Doors, Led Zeppelin e incluso bandas como deep purple y black sabbath marcarían estilos contundentes que años mas tarde serian seguidos y darían pie a que nuevas bandas y nuevos valores emprendieran y dejaran huella en el mundo de la música rock. La era de los 70`s seria la epoca de los grandes monstruos del rock internacional.

México no se podía quedar atrás en lo que era la nueva era de la rebeldía, grupos como the tri soul in my mind, Dugs dugs, empezarían a revolucionar las calles de la gran tenochtitlan moderna y sus alrededores, solo que el país azteca se enfrentaba a un problema grande y difícil de vencer, la compañía televisa y sus (rockers estrellas). Para la epoca de los 80`s México ya contaba con verdaderos fenómenos de la música rock, tanto heavy metal como de rock progresivo y hasta uno que otro de rock en oposición como el caso del grupo chac mool, sin embargo y triste decirlo, televisa acaparaba con sus chavos del rock,"menudo"importados desde Puerto Rico y para el mundo, el único grupazo capaz de llenar el estadio azteca con veinte mil almas, con lo que no contaban o se hacían tontos era el hecho de que la mitad de toda esa audiencia también era formada de padres de familia que acompañaban a sus enloquecidas hijas para protegerlas de los peligros que hay en eventos de esa clase en donde se reúne tanta gente.

Sadrac era directo y sin tacto alguno para escribir lo que sentía y lo que sabía, era obvio que no tenia experiencia en el ámbito periodístico, Sin embargo se le dio la opurtuniodad y a base de esfuerzo y trabajo, el tiempo lo puliría hasta hacerlo un perito en el tema de la música rock.

El lunes durante el día, Sadrac se presento de nuevo con el lic. Dorado con la satisfacción marcada en sus rostro, quería darle las gracias y a la vez hablar con el sobre el articulo, nunca se imagino que se fuera a publicar tan rápido.

---¿Como esta señor?

---Bien, gracias Sadrac ¿y tu?

---Bien también.

---Te gusto tu artículo---.Se le adelanto El lic. Dorado haciéndole la pregunta primero a Sadrac y dejando a este mudo a la vez.

---Si señor, muchísimas gracias

---Quiero que por favor me traigas los artículos cada viernes y puntual, de esa manera me das tiempo a pasarlo para que lo corrijan y si traes fotografías que quieras poner también se las damos a los de fotomecánica para que todo este listo para el domingo.

Sadrac salio una vez mas del periódico saltando de gusto e inflado como un pavo real; Sadrac tenia la oportunidad de escribir lo que quisiera, daría rienda suelta a sus conocimientos y a la vez el también se iría cultivando mas y mas en el ámbito de la música rock. Sin perder tiempo alguno empezó a nutrirse de conocimiento, Leia, escuchaba, preguntaba, investigaba, tenia fuertes polémicas con diferentes personas conocedoras del tema, en algunas ocasiones le tocaba solo guardar silencio y en otras ocasiones debatía el tema como perro defendiendo su hueso. Se empezó a relacionar mas con gente que conocía de música, su amigo Joel fue de gran ayuda, después conocería al hermano carnal de Joel, Cornelio, un verdadero intelectual de la música rock en oposición y progresivo, tanto uno como el otro le grababan a Sadrac todo lo que el quería, Frank Zappa, Captain Beefheart, faust, samla mamas manna, Biota, nef, cosmic jokers, can, guru guru, Klaus Schulze, Fred Frith, agitation free, vom zamla, stormy six, Brian Eno, camel, focus, magma, tangerine dream, la recopilación de bandas en la compañía Recommended Records, ZNR y muchos grupos mas, en total la colección de Sadrac sumaba a unos dos mil cassetes mas aparte de unos cuatrocientos discos, Sadrac domingo a domingo tocaba temas diferentes y variados, escribía de biografías, criticaba discos, hablaba de ellos y no solo del rock progresivo o del oposición, sino también del movimiento heavy metal, death metal, black metal, rock pop, protesta, punk, discutió con sus lectores polémicos debates de grupos undeground pertenecientes a la compañía disquera Ralph Record, al cabo de un año Sadrac era conocido por todos los jóvenes seguidores del movimiento rock en todo el estado de Durango y estados vecinos, solo los mas allegados a el lo conocían en persona, la mayoría de los lectores solo su nombre era el que conocían; durante todo este periodo de tiempo Sadrac no solo se dedico a escribir para el periódico, también siguió prosperando con su poesía, escribía a todas horas, en cualquier momento y en cualquier lugar, bastase con que la musa lo impregnara de perfume inspirador para que Sadrac obedeciera sin oponerse y guiado por esa sensibilidad que solo los amantes del arte y que nacen con ciertos dones naturales pueden entender.

Las fiestas de la ciudad estaban cerca y el gobierno de la ciudad de Durango empezó a prepararse para celebrar en grande su cumpleaños numero ciento cincuenta, la casa de la cultura, la oficina de turismo y demás dependencias trabajaban arduamente para hacer de Durango algo único e inolvidable, se invito a artistas de fama nacional e internacional, la gran Rocío Durcal, Placido Domingo, Ana Gabriel y la banda el recodo serian los invitados de honor para amenizar las fiestas de la ciudad, tenía que estar todo cuidadosamente estudiado y los artistas serian variados para de esa manera cumplir con los exigentes gustos de la comunidad Duranguense, también se planearon obras de teatro en donde participarían artistas de gran renombre, Angélica María, Lalo el mimo,Carlos Bonavides, Ofelia Medina, Carlos Bracho, Carlitos Espejel, Silvia Pasquel, Ernesto Alonso y muchos mas, también por medio de la casa de la cultura se organizo un festival de poesía en donde participaban varios poetas locales y de renombre como el caso de la máxima poetiza Duranguense, la señora Sofía Torres de Amalzan.

La invitación para participar en el festival de poesía le llego a Sadrac por correo quince días antes de las presentaciones, el festival se llevaría a cabo en la casa de la monja, un café bohemio con patio al aire libre, la noticia le cayo a Sadrac como baldazo de agua fría. No cabía la menor duda, la reputación de Sadrac esta aumentando y la fama del joven talento se estaba conociendo de orilla a orilla de la gran ciudad colonial. Inmediatamente Sadrac se puso manos a la obra para así seleccionar de su contado repertorio de poemas, los mas afines para la dichosa presentación, escogió poemas dedicados a la familia, a la mujer, al amor, a la vida, a la muerte, incluyó un par de poemas dedicados para su amada Dulce y también a la injustia que se vivía en el mundo entero, especialmente en México.

Una semana antes de que se celebrara el recital poético Sadrac y Dulce tuvieron una fuerte discusión que termino en el rompimiento temporal de su noviazgo, al día siguiente Dulce se fue de vacaciones para Mazatlán junto con su hermana mayor y el esposo de esta. La ausencia de Dulce fue de gran peso para Sadrac que durnate ese tiempo se sentía solo, a pesar de que sus amigos lo buscaban día y noche, Dulce era parte de el, era como si le faltara un pedaso de sus propio cuerpo, pensaba en ella a cada momento, minuto a minuto, simplemente no podía borrar esa tierna y hermosa carita de su menté, su gran sonrisa se le dibujaba en la frente, sus ojos, sus labios, su cabello, su piel morena despertaba en el deseos, pero en ese momento se sentía atado, Dulce estaba lejos de el, a seis horas de distancia, tendría que atravesar la sierra madre para poder llegar con ella, buscarla hasta encontrarla y demostrarle su gran amor, afortunadamente los días corren de forma rápida y sin darnos cuenta se van pasando las semanas y con estas los meses y también los años, todo gira de forma sorprendente y concisa, al fin y al cabo Dulce solo se estaría una semana fuera de el estado, pronto pasaría, al llegar la buscaría y hablaría con ella para suplicarle una vez mas que siguiese la relación hermosa que hasta ese momento habían llevado, Dulce no podía decir que no, ella también lo amaba y de la misma manera, como olvidar todas esas experiencias que solo ellos dos conocían, como olvidar el caminar juntos por las calles de la ciudad tomados de la mano, disfrutando un azucarado, un helado, una malteada, como olvidar los besos apasionados que los ponían a sudar y de ahí buscar el lugar mas oculto y solitario para poder darle rienda suelta a sus intintos carnales hasta que sus dos cuerpos se fundieran uno con el otro, como olvidar tantos secretos guardados y no compartidos, secretos que solo el y ella sabían y nadie mas, como olvidar, como olvidar ese cuerpo de diosa griega que lo ponía a temblar y solo el y nadie mas que el podía disfrutar en la intimidad de una alcoba; todo hombre es un pirata, pelea, lucha y se debate para encontrar y apoderarse de ese gran tesoro que tiene cada mujer entre sus piernas, él ya había encontrado el propio y no lo dejaría ni mucho menos permitiría que otro gañan se lo quitara, pero aparte de ese gran tesoro que cada hombre desea de la mujer amada, esta algo mas importante, sus sentimientos, su corazón, su entrega, esos deseos innatos que cada mujer guarda y alimenta por casi toda su vida hasta llegar a la vida adulta, esos deseos de sentirse protegidas, queridas, amadas, respetadas y que el hombre a quien aman les coresponda haciéndolas subir hasta el limbo, a esa montaña que la mayoría de la parejas quieren subir y solo lo hacen en el periodo de sus noviazgo porque ya después y seguros del compromiso, muchas mujeres son humilladas, maltratadas, pisoteadas y muchas veces hasta mueren en manos del que un día les jurara amor eterno y protegerlas para siempre.

* * * * * * *

La semana se paso volando y Dulce regreso finalmente de sus vacaciones de verano, ese mismo día Sadrac se presentaría en la casa de la monja para recitar sus poemas, la ceremonia se llevaria a cabo en punto de las siete de la tarde, Sadrac antes de ir al recital, paso a proposito por donde podía estar su amada novia, el cunado de Dulce tenia una tienda de abarrotes en pleno centro de la ciudad y algunas veces Dulce les ayudaba por las tardes a atender el negocio, Sadrac paso lento y sigilosamente tratando de ver para adentro del pequeño local y localizar a su enamorada, no tuvo tantas complicaciones pues al pie del mostrador esta ella con un vestido blanco y sandalias playeras, el color bronzeado de su piel le daban un toque distinguido al atuendo que llaveba puesto, relucía, sobresalía su hermosura, como si se tratase de una película o algún cuadro en tercera dimensión, Sadrac se quedo perplejo y con la boca abierta, aunque trato de disimularlo lo mas que pudo para no hacer el ridículo en plena calle en donde transitaban cientos de personas a esas horas de la tarde.

El recital de poesía que ofreció Sadrac fue todo un triunfo, no cabía ninguna duda, al joven artista le esperaba un futuro brillante y prometedor, a sus escasos dieciocho años estaba sobresaliendo y conquistando su ciudad natal. Tanto con sus colaboraciones escritas para el periódico, como sus escritos poéticos estaban haciendo de Sadrac toda una celebridad, no se podía pedir más, era un joven afortunado y con suerte. En ese tiempo Sadrac empezó a seguir un tendencia izquierdista, los libros de Marx, Lenin, la vida del che Guevara, se bebía los libros y la biografía del hombre al que el admiraba y respetaba, Mahadma Gandhi, él pacifista hindú que había tenido las agallas y el valor para enfrentar al ejercito Ingles sin ninguna arma y con un ejercito de pacifistas igual a el; se comía los libros de poetas famosos como Boudelaire, Lorca, Machado, Neruda, Octavio Paz, Miguel Hernández, se emocionaba con la vida que había llevado Frida Kahlo, Salvador Dalí y tantos otros artistas y héroes de ese glorioso siglo XX que para el como para cualquier ser humano que le toca vivir su época, La ve con optimismo, sobre todo si esta es generosa con el individuo.

Aparentemente todo marchaba sobre ruedas, Sadrac estaba haciendo lo que mas le gustaba, tenía a la mujer que amaba y aparte de eso asistía a la mejor escuela(al menos para el), Sadrac era un joven libre, amaba y disfrutaba de sus libertad, realmente usaba su casa solo para dormir pues pocas veces asistía a esta, solo los fines de semana gustaba de estar junto a su familia y eso por las mañanas ya que las tardes las utilizaba para pasear con Dulce, su vestimenta consistía en usar camisas de manta, pantalones de mezclilla y zapatos mocasín, su morral de indígena y dentro de este, papeles, plumas, cassetes y fotografías de edificios antiguos y grupos de rock. Sadrac disfrutaba la vida a plenitud, no tenia realmente compromisos, solo vivía la vida para el y para su novia, vivía para escribir, para caminar de orilla a orilla atravesando toda la ciudad de Durango hasta altas horas de la noche.

Un día, se presentaron dos amigos de Sadrac a la escuela nocturna para hablar con el, tenían una propuesta que hacerle y pensaron en el como el mas indicado, querían formar un grupo de música rupestre y protesta. Elhiu y Benjamin tocaban estupendamente bien la guitarra, Sadrac podría acompañarlos con las claves y el pandero, solo que había que pensar en un cuarto elemento y ese era el problema principal, la lírica, Esa no seria ningún problema, los poemas de Sadrac serian buen material para poderlos hacer canciones, Elhiu también componía música y le ponía letra, Benjamin solo era acompañante con la guitarra y los arreglos. Su búsqueda no tardaría tanto, pues al poco tiempo Sadrac tuvo una presentación para declamar su poesía en la casa de la cultura, esa tarde conoció a un joven alto con cabello largo que se presento con el al final del evento.

---Disculpe, mi nombre es Ángel Espino, me encantaron sus poesías.

---Muchas gracias, de verdad me apena usted con tanto halago.

---¿Desde cuando empezó usted a escribir poemas?

---Aproximadamente desde que tenía escasos doce años.

---De verdad me gustaron.

---Gracias, pero porque no nos dejamos de formalismos y nos hablamos de tu, al fin y al cabo somos casi de la misma edad.

---Me parece buena la idea.

Después de ese tiempo, ángel empezó a frecuentar mas y mas a Sadrac y este correspondía con la amistad sincera que este le ofrecía, Sadrac se dio cuenta que Ángel también sabia tocar la guitarra y sin pensarlo dos veces lo invito a que fuera parte de la banda que estaban formando tanto el como sus otros dos camaradas. Ángel no lo penso dos veces, inmediatamente dijo si a esa gran oferta; pronto los dos jóvenes inquietos y llenos de dinamita y chispa se presentaron en la casa de los otros dos musicos para asi empezar el tan anehelado grupito de música, pero, ¿música de que? ¿O que tipo de música?

Eso se resolvio sin ningun problema y sin decir palabra alguna Sadrac ofrecia sus reveladoras poesias y los otros tres chicos se ocupaban de hacer la música. El nombre del grupo tampoco fue realmente problema.

---Le pondremos "ALAS"---Se adelanto Sadrac haciendo valer su liderasgo y callando a los demas con sus argumentos filosóficos acerca de la libertad.

---Es lo mejor que se me puede ocurrir, las alas dicen mucho en si, una sola palabra pero envuelve un arsenal de ideas, libertad, paz, sentir el aire, volar, simplemente volar sin restricciones de ningún tipo.---Los demás se quedaron callados y solo lo miraban sin decir ni media palabra de todo lo que el había dicho anteriormente, aparentemente les agrado el nombre pero tampoco fueron para atreverse a discutirlo, era obvio que Sadrac tenia madera de líder.

Las practicas se llevaban a cabo en la casa de Benjamin, se encerraban por varias horas componiendo, hablando, tocando los instrumentos, incluso se hicieron ajustes para que Sadrac aparte de solo recitar algunas de sus poemas también tocara las claves, el pandero y los acompañara en los coros; Benjamin también se encargaba de componer canciones y ponerles música, el mismo se encargaba de que la melodía quedara a la altura del grupo, los cuatro jóvenes estaban mas que animados con lo que seria el grupo revelación del año, serían la novedad de toda la ciudad de Durango, con el tiempo podrían hacer giras a ciudades cercanas como Zacatecas, Torreón, Saltillo tan solo por mencionar algunas, Sadrac empezaba a soñar despierto con ese nuevo proyecto que lo hacia caminar sobre nubes imaginarias de algodón.

Sadrac sin darse cuenta y sin planearlo estaba ocupando su vida al 100% en cosas que el disfrutaba y mas que nada que amaba, nada podía hacerlo mas feliz que el escribir para el periódico mas solicitado de Durango, aparte de ser tomado en cuenta en cada festival de poesía que se hacia en la ciudad, aparte de tener una novia hermosa a la que amaba y si eso no era poco pertenecer a un grupo de música de protesta y ser el líder del mismo. El entusiasmo de Sadrac no conocía fronteras, de inmediato se empezó a movilizar lo mas que pudo para conseguir foros en donde presentarse, acudió a la casa de la cultura, al teatro de la presidencia municipal, a la casa del arte y en todos estos lugares la aceptación no se hizo esperar, todos le dieron un si definitivo, Sadrac no podía creerlo, brincó de gusto al ver que sus sueños se hacían realidad día con día.

Al día siguiente te comunico con los demás miembros de la banda y les dio las nuevas noticias, la voz entre quebrantada de sus compañeros se hacia notar por el auricular, no lo podían creer, para todos era el sueño hecho realidad, las practicas se hacían cada vez mas constantes, ya no había tiempo para nada, solo trabajar, comer y ensayar, Sadrac después de los ensayos se pasaba a ver a su amada Dulce que extrañaba mas que nunca, aun así la responsabilidad y las obligaciones eran primero incluso que mismo amor, la visitaba después de escuela y después de las practicas con el grupo, muy pronto Dulce se empezó a sentir plato de segunda mesa, las mujeres necesitan, exigen una cierta dosis de atención y parte del tiempo lo reclaman para sus necesidades personales, el sentirse amadas y sentir afecto y amor por parte de sus parejas es necesario para el desarrollo emocional de las féminas. Sadrac estaba descuidando este pequeño punto, aun así Dulce lo amaba con toda su alma y era una novia conciente de las obligaciones de su gallardo prometido.

La primera presentación se llevaría a cabo en la casa de la cultura, todo estaba planeado para el primero y gran evento, las invitaciones estaban hechas y solo faltaba repartirlas en donde fuera posible, aquí se ocuparon varios voluntarios para trabajar en equipo y dar a conocer la dichosa presentación.

* * * * * * *

El viernes por la mañana, Sadrac estaba en la puerta del director con su ya popular y acostumbrado trabajo, esta vez hablaría sobre un grupo que estaba tomando camino y fama dentro del macabro mundo del llamado black metal.(Merciful fate) seria el anfitrión de los lectores que domingo a domingo seguían interesados y sin perder detalle. Los interesantes y biográficos acontecimientos que nutrían la curiosidad de decenas de jóvenes amantes a la música rock.

Al siguiente día. Sadrac se preparaba para lo que seria su primera presentación en publico con el grupo {alas}; fueron muchos los que asistieron al evento, sin faltar por supuesto la madre de Sadrac, Fátima, también estaba Dulce, había entre la concurrencia gente que se dedicaba de lleno al arte, había pintores, escultores y por supuesto poetas que se habían dado cita para escuchar al nuevo grupo que llenaba de curiosidad y morbo a mas de tres; la duración de la tocada fue de una hora y treinta minutos, suficiente tiempo para sorprender al publico y dejarlos mas que satisfechos, los invitados se pusieron de pie para aplaudir tan merecida presentación, a pesar de ser novatos en el ambiente artístico dejaron por sentado que tenían ganas de sobra para seguir adelante y sacar todas esas energías que cada uno traía adentro.

La siguiente presentación, se llevo a cabo a los seis meses después de la primera, el lugar, teatro del palacio municipal, para esa presentación Sadrac y sus colegas tendrían realmente que lucirse ya que seria el único grupo informal que pisaría los foros de ese teatro. Había para otras fechas otros grupos que se presentarían, todos tenían quien los respaldara, un menager, un representante, una institución que sacara la cara por ellos, en cambio el grupo alas no tenia a nadie, solo contaban con su valor y coraje, con sus ganas y hambre de triunfo, con su talento desbordante y la valentía que a cada uno caracterizaba para ponerse de pie ante mas de doscientas almas y todos con la mirada y los sentidos puestos en cada uno de ellos. Sadrac no perdió tiempo para empezar a planificar y diseñar mentalmente la presentación, fue una y otra vez al teatro y visualizaba como seria la presentación, tenia la idea, no podía fallar, sería una presentación única y formidable, pero para llevar a cabo su plan, tenían que conseguir primero una maquina para poner las dispositivas, un fondo blanco y también necesitaba una lámpara antigua con un foco rojo, música de fondo para cuando el estuviera recitando sus poemas, la música de fondo no seria nungun problema, él contaba con música de sobra para eso, los grupos el mismo los seleccionaría, tangerine dream, vangelis, kitaro, nef, Klaus Schulze, etc. eso era pan comido, de cualquier forma tendría que ir empezando sin perder el tiempo; durante los siguientes meses Sadrac se dedico en cuerpo y alma en ir acomodando todo ordenadamente para esa presentación, parecía un chiquillo jugando entretenidamente con un rompecabezas, grabando, tomando fotos aquí y allá, lo tenia todo listo, la música de fondo, la esencia del escenario, las dispositivas, y de fondo, la película, las canciones que el resto de los integrantes ejecutarían esa noche, la luz que los enfocaba desde la parte mas alta y al terminar ellos todo el teatro quedaría a obscuras para segundos después encender la lámpara con el foco color rojo, empezaría el a leer su poema y de fondo la música con la dispositiva al final del escenario mostrando una fotografía según el poema se tratara, lo tenia todo planeado, listo, fríamente calculado, solo tenia que esperar la fecha ya establecida para dar la tan anhelada presentación.

* * * * * * *

Los días se van volando y con ellos el tiempo nos sorprende con las cosas esperadas, se llego el mes de Julio y la segunda presentación del grupo alas estaba al pie de la puerta, mucha gente estaba enterada, por fortuna de los muchachos esta llego junto con las fiestas de la ciudad, ¿suerte? Tal vez, pero la presentación prometía un lleno total, se repartieron panfletos e incluso se comunico por medio de la radio la tocada, la cual se llevaría a cabo en punto de las siete de la tarde.

Todo salio a pedir de boca, la asistencia dio un máximo total, la gente se tuvo que sentar en las escalinatas de los pasillos pues no había ningún asiento disponible, muchos intelectuales de la ciudad estaban reunidos en ese concierto, Sadrac se pulió haciendo gala de sus poemas y las dispositivas atrás del escenario, la música de fondo, la luz roja que le aluzaba solamente el rostro y eso era lo único visible en todo el teatro, al terminar el de leer el poema, apagaba su lamparita e inmediatamente una luz cubría a los tres músicos que estaban al otro extremo de la plataforma cantando al compás de sus guitarras, al terminar la presentación el publico estallo en aplausos y chiflidos dando así su aprobación de que el concierto había sido todo un éxito, en ese momento el nombre del grupo se dio a conocer en toda la ciudad de Durango, les empezaron a llover invitaciones para presentarse en diferentes partes de la ciudad y mas allá, fueron también a la cárcel, en donde los presos mas obedientes tuvieron el honor de verlos actuar y tocar, se volvieron a presentar una vez mas en la casa de la cultura, la gente que ya los conocía no dejaba de ir a sus presentaciones, poco a poco cada uno de ellos fue agarrando confianza, postura, aprendieron a dominar las plataformas, hasta se daban el lujo de decir uno que otro chascarrillo para hacer reír un poco a la gente, los aplausos hacían retumbar los auditorios, el grupo alas se estaba convirtiendo en un fenómeno estatal, la prensa los seguía y a la vez el director del periódico en donde colaboraba Sadrac se sentía orgulloso de haber descubierto a una estrella.

---Ese es mi chico.---Decía, haciendo alarde de su conquista, sentía que el había descubierto a ese muchacho que un día se presento en su oficina tímido y nervioso, ahora era todo un escritor, la venta del periódico el resplandor de Durango se disparo en un veinticinco por ciento todos los domingos, Sadrac Quintana tenia madera de escritor, en su columna hablaba de todo tipo de música rock, para todos los gustos, heavy metal, death metal, black metal, punk, rock progresivo, kraut rock, rock en oposición, new age; sus lectores variaban según la música de la que estuviera hablando, pero no todo era color de rosa para Sadrac, también había críticos que lo atacaban desde varios ángulos y temas variados, pero nunca lograron sacarlo del periódico y mucho menos que sus lectores dejaran de leer y comprar el periódico semana a semana.

La propaganda del grupo alas cada vez que se presentaban corría por parte de Sadrac.

Sadrac por su parte anhelaba algo mejor, se había propuesto conquistar el auditorio universitario, un día se le ocurrió ir a las oficinas de dicha institución y hacer pedir su tan ambicioso proyecto.

---Buenos días señorita, mí nombre es Sadrac Quintana y estoy aquí porque quiero saber ¿que es lo que se necesita para hacer uso del auditorio de la institución?

---¿Que es lo que quisiera hacer en el auditorio? Que tipo de presentación?

---Bueno, mire.---Sadrac balbuceo un poco antes de contestar a esas preguntas.

---Como le dije anteriormente, mi nombre es Sadrac y soy del grupo alas, la verdad quisiéramos ver la posibilidad de presentarnos aquí para dar un pequeño concierto.

---¿Cuando lo quisieran dar?

---Pues dentro de unos tres meses más o menos.

---Mmmmm! Dejeme ver, creo que para esas fechas no tenemos nada.

---Perfecto! Entonces dentro de tres meses daremos el concierto.

---Muy bien joven, ya todo esta listo,ya le hice la reservación y todo esta arreglado para esa fecha.

---Muchísimas gracias señorita, de verdad se lo agradezco mucho.

---No de hay de que Sadrac.

Un triunfo mas para Sadrac, para el grupo, para todos, ese mismo día Sadrac llamo a cada uno de los integrantes y les dio la máxima noticia.

---Nos presentamos en el auditorio universitario.

---¿Queeeeeeeee?

---Esta vez si te volaste la barda buey.

---No manches, ¿como le hiciste?

Las respuestas de cada uno de ellos era mas que sorprendente, los tres se quedaron atónitos, perplejos, estupefactos, sorprendidos, simplemente no había palabras para describir la admiración que sentían cada uno de ellos por presentarse en los que muchos creían era el máximo auditorio de la ciudad de Durango, en ese mismo auditorio se habían presentado estrellas de la música como mexicanto, 0.720 aleación, Betsy Pecanins, Dugs Dugs y otros muchos.

Esta presentación tendría que ser doblemente mejor que la que habían dado en el auditorio de la presidencia municipal, esta vez los cuatro integrantes participaron de lleno en planear el concierto, se mando hacer un telón de fondo para el evento, para eso Sadrac tendría que contar con la ayuda de algunos de sus amigos pintores. Primero acudió con el pingüino, ese pintor era un tipo algo excéntrico y le daba por estar hablando solo, se sentía algo así como un Dalí Mexicano, solo que este en una escala mas baja pues le gustaba hacer cuadros eróticos, definitivamente creo que ese no era el adecuado.

Después fue a visitar al mofles, un pintor de mas seriedad que ofrecía sus servicios en un taller de alineación y balanceo, Sadrac y el mofles se conocían a la perfección, llevaban varios años de hacer ronda juntos como amigos y compartir ideas y experiencias artísticas, en una ocasión los dos amigos artistas fueron a todos los prostibulos de la ciudad de Durango para conseguir una modelo que posara desnuda para el buen mofles.

---Todo artista ha pintado a una mujer desnuda en su vida mi muy buen amigo.

---Yo se eso---Contesto Sadrac.

---A Salvador Dalí por ejemplo tenia a su disposición mujeres para escoger como modelos, Picazo, Goya, Miguel Ángel y yo no seré la excepción del caso, soy un pintor y merezco una modelo también, aunque me lleve días en conseguirla.

---Pero, ¿porque una ramera maestro?

---Veras mi buen poeta, la diferencia consiste en que las mujeres "morales" o que hablan mucho de moral no van a querer, aunque por debajo del agua muchas veces son mas putas que las que realmente si lo son de profesión, en cambio las mujeres que trabajan en este tipo de congales lo hacen por necesidad, si les ofrezco un dinerito por desnudarse ante mi, seguro y lo aceptaran pues eso implica el solo posar para mi desnuda sin tener que hacer nada mas.

---Eso es verdad---Replico Sadrac convencido de la explicación de su amigo.

---Y sirve que a lo mejor tú te inspiras para hacer un poema dedicado a la belleza sublime de la mujer.

---Tal vez, porque no.

Sadrac conocía bien al mofles,quien su verdadero nombre era Galdino Ibarra, pero su nombre estaba en el anonimato pues todo Durango lo conocía por el mofles, solo los mas allegados a el le decían por su verdadero nombre.

Cuando Sadrac fue a verlo para pedirle su ayuda con el proyecto este le dio mucho gusto que lo hubiesen tomado en cuenta, la idea de Sadrac consistía en pintar una paloma realzando el vuelo y a la vez trozando una cadena que la sujetaban a sus patas, la pintura tendría que ir en blanco y negro con tinta china, las medidas de la colosal pintura tendrían que ser de diez metros de alto y diez metros de ancho, de esa manera se podría poner al fondo de la tarima y la gente la podría disfrutar, sería una pintura realmente simbólica aparte de artística y llega de gracia. Representaría la libertad en su máxima expresión, la protesta, la rebeldía de la gente marginada que gritaba sin ser escuchados, esa paloma representaría muchas cosas aparte de la misma paz. Cuando Sadrac le hubo explicado a su camarada la idea y como la quería, él mofles se quedo observándolo por un buen rato sin decir ni media palabra, de pronto lo único que se le ocurrió decirle fue.

---Estas cabron maestro, por supuesto que se puede.

Así, entre los dos se pusieron a planear los gastos que se llevaría la obra, se tendrían que comprar unos cinco botecitos de tinta china, cuatro pinceles de diferentes tamaños para hacer las líneas anchas y gruesas y lo más importante aun, la tela para pintar la obra maestra. Los arreglos del foro esta vez correrían por cuenta de Benjamin quien se había convertido en la mano derecha de Sadrac pues concordaban muy bien en ideas y gustos, a Benjamin se le ocurrió adornar el foro con maniquís y lámpara antiguas con colguijes, la idea le pareció a Sadrac bastante buena ya que le recordó las presentaciones con una lámpara de ese mismo tipo al grupo de rock en oposición Ingles Henry Cow.

Al parecer todo estaba listo, solo necesitaban escoger bien el material que presentarían para esa noche tan especial, no cualquiera tiene la suerte de tocar en el auditorio de la universidad se recordaban todos, las invitaciones esta vez correrían por cuenta de ellos mismos, nadie los patrocinaba,a pesar de haber alcanzado cierta fama en la ciudad.

* * * * * * *

El día del concierto en el auditorio universitario llego, la gente entraba a ver a estos muchachos talento para ver que sorpresa tendrían preparada esa noche, como de costumbre, Sadrac recibió al publico con música de fondo antes de que empezara la función, esta vez selecciono la música del grupo Holandés flairck para amenizar el ambiente y la gente se sientese cómodos con las alegres melodías, esta vez no habría películas de fondo ni música de fondo tampoco, el auditorio estaría con las luces completamente apagadas y solo las del foro estarían encendidas, la pintura de la paloma estaría aluzada para que resaltara, las canciones tanto como las poesías estaban cuidadosamente escogidas para el deleite del publico, para ese entonces el grupo ya contaba con bastante repertorio propio, canciones como: quiero volar, la paz, matando miserias, niños olvidados, soy tu madre entre otras eran aplaudidas por los seguidores del grupo. Sadrac fue el primero en abrir el show declamando una poesía de protesta, miraba al auditorio sin realmente mirar a nadie pues de esa manera evitaba el ponerse nervioso ante las miradas de tanta gente que sin perder detalles lo seguían paso a paso como si fuera este un actor de teatro en vez de un declamador, de cualquier forma Sadrac no pudo evitar ver las primeras filas, se quedo atónito al ver quien estaba en ese concierto, los nervios lo empezaron a atacar y el sudor empezó a hacer gala por su rostro, el color le fue cambiando y lo único que se le ocurrió hacer fue terminar de decir el poema antes de lo previsto y esconderse entre las cortinas como un niño acabando de hacer alguna travesura; no podía creer lo que veían sus ojos, Virginia estaba entre el publico, en primera fila, inmediatamente los recuerdos empezaron a bombardear la cabeza de Sadrac de una forma despiadada y sin misericordia, seguía hermosa como antes, su cabello rubio, su carita de muñeca y ese cuerpo que lo había enloquecido por mucho tiempo, pero no, no podía ser, él se debía de cuerpo y alma a su novia, Dulce, es a ella a la que realmente amaba, Dulce le era fiel, era sencilla, cariñosa, atenta, con ella había saboreado la mieles de la lujuria, de la pasión, del éxtasis, con ella había aprendido que el amor es dar pero también recibir,todo ser humano tiene esa necesidad, de sentir amor, Sadrac empezó a sentir un costillo en el estomago poco común, se concentro lo mas que pudo, mentalmente haría de cuentas que ella no esta ahí, evitaría verla, miraría a la parte alta del auditorio, a los lados, para bajo, a donde fuera posible menos en donde se encontraba ella, su viejo y mas grande amor, Vicky.

* * * * * * *

Al terminar el concierto fue grande la ovación que el publico le dio a los cuatro jóvenes, merecido se lo tenían, pero aun así el publico pudo notar un fuerte nerviosismo en Sadrac, nadie realmente sabia el porque, los conciertos anteriores Sadrac había demostrado un dominio perfecto para manejar la situación ante el publico, pero esta vez, no pudo, sencillamente sus nervios lo hicieron presa y Sadrac Quinta se comporto como un novato, todo por una mujer.

Al siguiente día por la mañana, Sadrac recibió una llamada telefónica por parte de la estación de radio "sonido alegría" en donde los invitaban para hacerles una entrevista al aire en una semana, la televisora local también puso sus ojos en ellos para que fueran a tocar por quince minutos al aire y una pequeña entrevista , la emoción de Sadrac y sus colegas fue evidente, Ángel, Benjamin y Elhiu acogieron la noticia y se pusieron a celebrar el triunfo con una cahuama de cerveza y una cajetilla de faritos, los cigarros mas económicos de aquel entonces, Sadrac se fumo solamente uno, su mente estaba en otro lado, no podía dejar de pensar en Vicky, la recordaba y su imagen la tenia solo ahí, clavada en su cabeza, en el cerebro, en los sentidos, en sus emociones, en todo. Los demás miembros del grupo sabían que algo andaba mal con Sadrac, pero no sabían que es lo que pasaba con el, de pronto se levanto y salio del cuarto en donde acostumbraban hacer sus ensayos, no dijo palabra alguna, solo salio y se fue, los tres compañeros solo lo vieron partir.

CAPITULO

V

Desde hace algún tiempo Sadrac tenia la inquietud de conocer el país vecino del sur, la inquietud por ver los conciertos de música rock, comprar discos originales sin tener que estarlos grabando de cassete a cassete, conocer esas ciudades con sus impresionantes rascacielos, conocer a gente de otras culturas lo inquietaba y a la vez lo llenaba de emoción; se imaginaba en medio de un estadio viendo a judas priest, ozzy osbourne, pink floyd o esos festivales monstruosos en donde se presentaban hasta cinco o mas grupos a la vez. La música estaba enloqueciendo a Sadrac, tanto así que no le importaba dejarlo todo por nada, pero el no lo veía de esa manera, poco a poco se le fue metiendo esa inquietud en los sesos y no descansaría hasta hacerlo realidad.

La relación con Dulce se fue haciendo monótona, insípida, ya no había chispa, ya no existía esa magia que debe de tener toda relación de novios en donde el hombre espera a la novia con animo, con ilusión, simplemente ya no había nada de eso. Por cuatro años se dedicaron a vivir demasiado rápido su noviazgo, las relaciones sexuales se hicieron rutinarias, la magia se había esfumado.

Virginia lo seguía inquietando, pero aun así ya no podría nunca ser igual; las actividades con el grupo alas también iban decayendo, Elhiu se empeño en meter teclados al grupo cuando ninguno de ellos sabia dominar ese instrumento, aparte el grupo era cien por ciento acústico, música autóctona, guitarras acústicas, flautas, panderos, claves, armónicas y tambores indígenas era todo lo que ellos usaban, en un tiempo Sadrac buscaba a alguien quien pudiera tocar el violín pero no encontró a nadie, en otra ocasión un joven se hacerco a ellos con la finalidad de pertenecer al grupo pues dominaba la flauta indígena(zampoña) y la flauta transversal, en realidad solo era un espía de otro grupo que se estaba apenas formando y lo único que querían era sacar información y robarse las ideas de alas, cuando estos se dieron cuenta de su plan, el tipo desapareció sin dejar rastro alguno, simplemente no lo volvieron a ver. Ángel también contribuyo a que las relaciones se fueran enfriando dentro de la banda, un día llego con la idea de meter guitarras eléctricas y toda la cosa, después, empezó a faltar a los ensayos y un día lo vieron tocando con una banda de death metal local, al poco tiempo volvió con el grupo pero solo para hacer valer su palabra y discutir con Sadrac por cosas sin sentido.

Todo se estaba yendo abajo, el grupo tenia una presentación en la casa de la cultura, por cuarta vez se presentarían ahí, pero esta vez los ánimos estaban calientes y en realidad no ensayaron para esa presentación, se valieron de su experiencia para salir y enfrentarse al publico; la casa de la cultura tenia un festival de grupos locales en memoria de el fallecido John Lennon, estarían cinco bandas mas que amenizarían la tarde con sus música y arte, al otro lado del edificio, la misma institución presentaba a un poeta de otro estado que declamaba sus obras ante una audiencia de unas treinta personas, Sadrac se puso al final del pasillo para poder escuchar la poesía del hombre, después de eso se volvió a meter en el recibidor en donde se encontraban Elhiu y Benjamin, ángel aun no llegaba, así es que había el peligro de tocar esta vez sin el.

---¿Ya escuchaste la poesía del buey ese?---Pregunto Sadrac a Elhiu en un tono burlón.

Elhiu le contesto con una respuesta un tanto réspice.

---Cada quien tiene su estilo maestro, o que, ¿piensas que tus poemas son los únicos?

---Olvídalo carnal, simplemente olvídalo.---Respondió Sadrac un tanto desconcertado y a la vez triste. Después de eso opto mejor por dimitir del lugar e irse al recinto en donde se presentarían mas tarde.

Fue la ultima presentación del grupo alas, cada quien se dedico a hacer lo mismo que hacían anteriormente antes de formar al grupo, Ángel se unió al grupo de death metal para el que tocaba esporádicamente, lo tomaron de planta como guitarrista, Elhiu quiso seguir tocando y presentándose por su cuenta pero sin éxito alguno, le ofrecieron un trabajo para amenizar en un café bohemio todos los fines de semana, el lugar se llamaba,"el rincón del arte", desafortunadamente la gente que acudía a ese pequeño café eran solo parejas de enamorados y chavos fresas, juniors, hijos de ricos que acudían a ese lugar solo a ver si quedaban con alguna chica, pero no a disfrutar la música. Elhiu solo duro en ese ámbito un par de meses. Benjamin se dedico solo a trabajar, estaba en el departamento de fotomecánica en un periódico no muy conocido y barato que subsiste solo por los anuncios que ponen los negocios mas que por las noticias que puedan ofrecer. Sadrac volvió a lo suyo también, cada viernes llevaba puntual su reportaje sobre algún grupo de rock, los temas variaban cada semana, algunas veces también escribía sobre grupos locales de Durango, nadie los conocía, solo los mismos ciudadanos y solo algunos.

* * * * * * *

Una mañana Sadrac se levanto sin ánimos de nada, se sentó a la orilla de la cama y serenamente se puso a meditar cabizbajo, no podía seguir engañándose a si mismo, se había dado cuenta que la relación con Dulce no lo hacia feliz, lo tenia todo, sin embargo sentía un hueco enorme y profundo que lo hacia sentir confundido con sus sentimientos, Dulce era una mujer envidiable, cariñosa, coqueta, apasionada, tierna, atenta, tenia todas las cualidades que un hombre pudiera desear en una mujer, pero no había el suficiente amor para seguir engañándose y mintiéndole a ella, no se lo merecía. Estaba decidido a hablar con ella y ser lo suficientemente franco con ella para decirle la verdad, después de eso arreglaría todo para irse de la ciudad, ordenaría su pasaporte, viajaría para que se lo visaran y después de eso se alejaría por un buen tiempo, ya nada lo detendría, la misma ciudad de Durango se le empezó a hacer aburrida y monótona.

Algunas veces su temperamento era un tanto displicente, Sadrac Quintana estaba cambiando de animo, se le veía por las calles solo, distraído, algunas veces le trataban de sacar platica y entrar en debate con el sobre temas de música que era lo que mas le apasionaba y sabia, los que lo conocían sabían que era un tipo dialéctico, Sin embargo Sadrac no era el mismo, en parte también le afectaba la separación de sus padres que recientemente había ocurrido, después de diecisiete años de matrimonio todo se venia abajo, Tonatiuh había tenido un desliz con otra mujer, la dinámica de esa casa cambio de tajo, años atrás daba gusto entrar a ese recinto sagrado en donde se respiraba tranquilidad, se podía percibir la armonía, en el ambiente se respiraba la paz, pocas veces se escuchaban gritos, peleas, mucho menos insultos; Fátima era una excelente ama de casa que después del trabajo se dedicaba a preparar la comida para todos, era aparte una magnifica cocinera, dominaba a la perfección la gastronomía mexicana, aparte de la repostería que era su fuerte, en esa casa nunca faltaba un buen pretexto para chuparse los dedos después de cada platillo exquisitamente elaborado por las manos e imaginación de Fátima, de pronto, todo se vino abajo, Tonatiuh se caracterizaba por ser un padre ejemplar, cariñoso, juguetón y responsable; En algún momento tuvo que tener esa aventurilla pues su temperamento cambio, se le veía por la calle desbordando alegría, en la casa era todo lo contrario, vociferaba y gruñía por cualquier insignificancia, esa casa se volvió un infierno en menos de tres meses, Sadrac usaba la calle de escape, el que si tenia que soportar ese desorden emocional era el hermano pequeño de Sadrac, Misael, simplemente no tenia para donde hacerse, su corta edad lo obligaba a soportar esa pesadilla, su tierna edad no le permitía entender el porque de las cosas, las frustraciones de su madre, los arranques de histeria de su padre, la ausencia de su hermano mayor, se sentía solo, solo en un espacio que el no comprendía, perdido en la selva de la confusión, en la ignorancia innata de cualquier niño que a su edad no entiende nada de la vida, la inocencia impera su pequeño mundo, las fantasías, el juego, simplemente el ver la vida através de un cristal, de una burbuja en donde todo es lindo, limpio y puro desde adentro. El pequeño Misael crecía solo en esa casa en donde reinaba la confusión y la tristeza, el ambiente depresivo era tal que cada miembro se salía a la calle para encontrar distracción y refugio, Sadrac por un lado, Fátima y su pequeño Misacl por otro y Tonatiuh por otro muy distinto.

El tiempo pasaba sin perdonar nada ni a nadie, Sadrac para ese tiempo tenia poco de haber terminado su relación con Dulce, caminaba con destino a la escuela que pocas veces frecuentaba pues las actividades que había tenido en un pasado del grupo, el periódico, los recitales de poesía lo habían hecho descuidar la obligación máxima que pueda tener un joven a esa edad, Sadrac no le tomo mucha importancia y le dio prioridad a la cultura y el arte antes que a nada, cosa que le pesaría con el tiempo; en el camino a la escuela conoció a una joven que de inmediato le llamo la atención, se veía diferente a las mujeres de la ciudad, su aspecto, su personalidad, pudo deducir a simple vista que no era de Durango, podía ser extranjera, pero ¿de donde?, rápidamente se las ingenio para sacarle platica y conocerla, la muchacha aparentaba tener aproximadamente la misma edad de Sadrac, tenia el cabello largo en capaz, el fleco alzado en forma de cascada congelada, era de complexión mediana y bajita de estatura, tez blanca y ojos cafés claros, su boca la traía pintada con un rojo subido que invitaba a cualquiera a besar esos delicados y apetitosos labios, Sadrac la observaba con fijeza.

---¿De donde eres?---Pregunto Sadrac con curiosidad de niño.

---Vengo de Estados Unidos, estoy de vacaciones pues una prima me invito.

---Haaa!!! Ya entiendo, tu prima vive aquí entonces.

---Yeah! perdón, quiero decir si.

---Que bien, entonces tú hablas perfectamente el ingles.

---Si, domino los dos idiomas a la perfección.

---Que suave, no, yo no, en ingles solo se decir thank you, apple, Windows y door.

---Bueno algo es algo---Después de eso soltó una risa pues ya no pudo contenerla.

---¿Te estas burlando de mi?.---Pregunto Sadrac un tanto ofendido y a la vez con intriga.

---No, no discúlpame, lo que pasa es que cuando yo también aprendí a hablar el español solo decía pequeñas palabritas como tu con el ingles.

---Haaaa! ya entiendo, si eso es lo que pasa cuando una persona no sabe otros idiomas.

---Por cierto, no me has dicho como te llamas.

---Es verdad, que tonto he sido, yo fui el que te saco plática y no me presente, disculpa.

---Ho no, no hay cuidado.

---Me llamo Sadrac y tú.

---Bonito nombre, yo me llamo Yamileth.

---¿Algo así como Yamileth la mas bonita?.

---No.

---Disculpa, solo estaba jugando.

---Mi nombre es Yamileth, solo Yamileth.

---Ok pues Yamileth, te puedo acompañar ¿a donde vas?, sirve y no te pierdes.

---Ok.

Así los dos nuevos amigos se fueron cruzando calles, Sadrac aprovecho la oportunidad para hacerse el guía de turistas y empezó sin demora a mostrarle lo sobresaliente de su ciudad natal, pasaron por el edificio de gobierno, junto a la catedral de la ciudad y se detuvieron por un momento a disfrutar ese gran y magnifico edificio justo en la plaza de armas, descansaron en una de las bancas, siguieron su recorrido rumbo al cerrito del calvario en donde las callecitas son tan angostas que da la impresión de andar por una ciudad Europea, Yamileth estaba maravillada, las únicas salidas que había hecho con su prima eran al mercado y alrededor de la colonia en donde viven. Sadrac pudo notar la cara de satisfacción de Yamileth y quiso rematar el recorrido llevándola a la parte mas alta de el cerro de los remedios para que de esa manera pudiera apreciar la belleza en todo su esplendor de la llamada tierra del cine, Sadrac para esto hizo pedir un taxi y fueron a la conquista, todo estaba a su favor, el atardecer, el clima, el cielo rojizo, él sabia que la estaba impresionando, aprovecho una vez mas la ocasión para acercarse a ella un poquito, sus prendas rozaban una con la otra, Yamileth no pudo contener la emoción y le dio un beso en la mejilla a Sadrac para agradecerle todo lo que estaba haciendo por ella, la vista panorámica de la ciudad de Durango era realmente impresionante desde el mirador.

---Pienso que ya debería de llevarte a tu casa, tal vez tu prima y demás familiares estén preocupados porque no saben en donde estas.---Sadrac tomo el papel de hombre conciente, de esa manera la impresionaría aun mas a la bella y confundida turista.

---Ho si por favor,ya es un poco tarde y me pueden regañar.

---No te preocupes,sabes bien tu dirección.

---Si, aquí la tengo apuntada.---Una vez que Sadrac vio la dirección de la joven y que colonia era donde vivía le dijo:

---Muy bien, entonces tomaremos un camión de ruta, el verde y ese nos llevara a la colonia en donde tu vives.

---Woowww!!tu saber bien todo aquí ¿verdad?.

---Pues ya seria el colmo si no, aquí nací, aquí he crecido y tal vez aquí me toque morir.

---Yeah, yo se, también donde yo vivir saberme todo.

---Pues si, así es la cosa.

La pareja de recién conocidos se dispusieron a tomar el camión de color verde que los llevaría directamente hasta la colonia en donde vivía la prima de Yamileth, la colonia se llamaba cuarto centenario y la mayoría de sus habitantes eran de clase media.

En el camino se fueron conociendo mejor, hablaron de sus gustos por la música, la cultura de cada país, como era la vida en gringolandia, como se vivía, etc. Sadrac aprovecho para sacarle información detallada sobre Estados Unidos, cualquier espía se hubiera sentido celoso por el trabajo que hizo y como le robo información de manera sutil y concisa, aprovecho para preguntarle sobre los conciertos que se daban allá, él se imaginaba cualquier evento en tamaño colosal, tal y como el los veía por televisión, se imaginaba estadios gigantescos, las plataformas inmensas y miles de personas admirando, disfrutando y gritando a su banda favorita, le constaba pues anteriormente habían disfrutado de algunos videos musicales en donde grupos de rock como iron maiden, judas priest y saxon ofrecían tocadas de esa magnitud, Sadrac se dejaba llevar por la imaginación, soñaba despierto, pero de pronto algo lo hizo despertar de sopetón, la respuesta de Yamileth confundiría al joven Sadrac y lo haría volver a la realidad.

---¿Conciertos?, ¿que conciertos?

---Pues de rock, heavy metal, rock progresivo.

---¡Hoooo!! Ya entiendo, no, ese tipo de conciertos se dan mas para el norte del país, en donde yo vivo es pequeño, es un ranchito del valle de Texas, se llama Pharr,Tx., pero si, también van grupos.---Sadrac sintió que le devolvían el aliento cuando escucho que en ese lugar también iban grupos a tocar; la joven siguió con su platica.

---Mira, por ejemplo he ido a ver a los quintos del norte, los panchitos del norte, los chidos de la sierra, mmmmm, déjame pensar a quien mas he visto.---Sadrac sintió que la quijada se le caía, los ojos se le ampliaron y las pupilas se le dilataron hasta el punto de empezar a ver borroso, su semblante cambio y del rojo natural de su piel, esta se volvió amarilla y blanca a la vez, simplemente no lo podía creer, ¿una persona de allá, estados Unidos, escuchando música de ese tipo? Eso era inconcebible, difícil de creer, inaudito y aterrador. Por un momento pensó que Yamileth le estaba haciendo una broma de mal gusto, pero también pudo ver la seriedad de ella al hablar, él nunca se hubiera imaginado estar escuchando música de esa categoría, tan baja, tan poco artística, esa música era solo para gente de poca cultura, gente que no conocía mucho sobre música. Sadrac no pudo mas y dejo soltar desde adentro de su alma una fuerte y sonora carcajada que incluso hizo que algunos vecinos se asomaron por la ventana para ver que estaba pasando, Yamileth se sintió ofendida con la burla y de frente y directamente a los ojos se dio una voltereta de ciento sesenta grados y le pregunto sacando así su instinto de fiera.

---¿Puedo saber cual es la gracia?

---No, no ninguna, solo que se me hizo chistoso que tú pudieras escuchar esa música, nunca me lo hubiese imaginado.

---Pues si, si me gusta toda esa música, ¿tiene algo de malo o que?

---No,cada quien sus gustos,disculpame,no te quise ofender.

---Ok pues, y a ti que música te gusta.

---A mi me gusta el rock, pero mejor olvídalo, cambiemos de tema.

Sadrac no dudo ni un minuto para ponerse a sus servicios y ser una vez mas su guía en el tiempo que ella estuviera visitando Durango, ella acepto placidamente y sin mas demoras el joven gallardo se retiraba no sin antes confirmar la cita para un día después.

* * * * * * *

Los días se fueron rápido y tanto Sadrac como Yamileth empezaron a disfrutar la compañía de los dos, se entendían, se reían, jugaban, se contaban todo, la visita de Yamileth consistía solo de una semana, esa semana se alargo en cuatro mas, hasta que la mamá de Yamileth llamo pidiendo hablar con su hija y hacerla regresar o si no iría personalmente por ella. Una semana antes de que Yamileth se regresara a su natal Texas, Sadrac le pidió formalmente que fuese su novia, esta acepto y un beso largo y apasionado selló el compromiso, ahora solo estaba en Sadrac que ese noviazgo diera frutos, no la pensaba perder, la seguiría hasta el fin del mundo, ella era diferente, si que lo era, era divertida, jovial, hermosa, musicalmente no se habían entendido pero eso era lo de menos, nadie era perfecto en esta vida, él la sabría comprender y le enseñaría poco a poco lo que era la buena música.

Cuando Yamileth regreso a los Estados Unidos, Sadrac se le hacían los días aburridos y sin sentido, la colaboración periodística ya no le llamaba la atención, lo hacia solo por compromiso, decidió seguirla, le llamo por teléfono y le contó sus planes, viviría con ella, trabajaría en lo que fuera con tal de estar cerca de ella, vendería chicles si fuera necesario. Sadrac siempre había sido un muchacho taciturno, su forma de ser era diferente a la de la mayoría de los jóvenes de esa edad, eso lo pudo notar Yamileth desde un principio, había algo de el que la atraía. Después de un mes de la partida de Yamileth de la ciudad de Durango, Sadrac le decía también adiós a la que había sido su ciudad, en ella dejaba recuerdos, amores, amigos, aventuras, tragedias, tristezas, alegrías, miedos, frustraciones, dejaba a una madre y a un hermano menor que se deshacían de la tristeza por ver al pilar irse y tal vez para siempre, sus amigos le organizaron una despedida, ahí estaban sus amigos mas allegados, Ángel, Benjamin, el topo, Elhiu; a mitad de la fiesta cuando todos estaban en una calurosa charla y recordando viejos tiempos alguien toco la puerta haciendo que todos se callaran y se pusieran atentos para ver quien era, Sadrac abrió la puerta y se quedo estupefacto al ver quien estaba parada en la entrada, era Virginia, quien también le quería dar su ultimo adiós, Sadrac le dio el pase y Virginia estuvo conviviendo con ellos por un par de horas, después de eso le pidio a Sadrac que la acompañara hasta la calle a lo cual el accedió amablemente, antes de llegar a la calle y todavía dentro del edificio Virginia se dio la media vuelta y abrazando a Sadrac por el cuello le dio tremendo beso que Sadrac no le quedo de otra mas que dejarse dominar por la que un día fue su amor, el mas limpio y el mas bello que había sentido por una mujer y tal vez el único amor en su vida, inconcientemente Sadrac sabia que ese amor jamás podría ser olvidado,Virginia quedaría en el corazón de Sadrac por el resto de su vida, fue la ultima vez que la vio, al día siguiente Sadrac se fue a lo que seria su nueva casa, su nuevo país para hacer una nueva vida.

CAPITULO

VI

Sadrac llego a la ciudad fronteriza de Reynosa a las siete de la mañana, se bajo de ómnibus con sus maletas y lo primero que hizo fue comunicarse con su novia, Yamileth estaba esperando con ansias, ella sabia de la llegada de Sadrac y cierta emoción la invadía desde las punta de los pies hasta la cabeza, afortunadamente Yamileth solo vivía con su madre y su hermana menor, eran buenas personas, el recibimiento fue caluroso y cordial, Sadrac se acoplo rápidamente a la que seria su nueva familia, aunque todavía no se hablaba nada de matrimonio pues era demasiado rápido para hablar de eso, la cultura hasta ese momento no parecía ser un inpedimento para que el joven se fuera acoplando a su nueva familia política, a pesar de que Sadrac no conocía nada de sus costumbres, cultura, tradiciones y demás cosas que trae un ser humano de otro país, tanto la mamá como la hermana hablaban un poco de español y eso le facilito a Sadrac las cosas.

Los días empezaron a transcurrir dentro de esa pequeña casita de tres cuartos, un patio grande atrás de la casa y su patio en la parte del frente, la cocina estaba bastante amplia y la sala en donde se encontraba la televisión y los sofás, Sin ninguna demora se empezaron a hacer los tramites para alojar al inquilino dentro de una de las recamaras, se le asigno la de Yamileth, esta a su vez se fue a la habitación de la mamá para compartir la cama con ella, Sadrac no se podía quejar, lo estaban atendiendo a cuerpo de rey.

La hospitalidad recibida y todas las atenciones que le daban a Sadrac hizo que pronto se le pasara la nostalgia por su tierra y su gente, se sentía bien, cómodo, atento, lleno de detanes, comodidades y pequeños lujos a pesar de que Yamileth y su familia no eran gente de dinero, de hecho Yamileth trabajaba arduamente para ayudar a su madre y los pagos de la hipoteca, pago de la luz, la comida y otras cosas que se ofrecieran, la hermana de Yamileth, esa solo se dedicaba al estudio, asistía a la high school de Pharr, TX., se llamaba Casandra, era una muchacha seria pero amable, sonreía de vez en cuando, tímida, pero a la vez de fuerte carácter, nunca decía nada, solo cuando se enojaba por algún motivo se ponía roja y el rostro le cambiaba, Sadrac se la fue ganando poco a poco, después de algunas semanas ya se tenían confianza. En el trascurso de tiempo, Sadrac notaba que algo faltaba, el valle de Texas no era como el se lo imaginaba, era bonito, si, pero, en ¿donde estaban esos edificios enormes? ¿las calles llenas de gente de color? las películas mostraban una cosa y la vida real era otra muy diferente, Mcallen, TX., solo tenia una par de edificios grandes y eso de mediana altura; se decepcionó un poco, sin embargo el valle le agradaba, era un lugar tranquilo, muy caliente, eso si, pues a poca distancia estaba la playa, la famosa isla del padre.

La relación inesperada de Yamileth con Sadrac aparentemente iba bien, él se acoplaba con ella, con su vida, con su familia, con la gente relacionada a ellos,pero faltaba algo, el poco dinero que Sadrac tenia se estaba esfumando rápidamente, Sadrac empezaba a ser una carga para la pequeña familia de Yamileth, los gastos son gastos en cualquier parte del mundo, no importa que tipo de moneda se use y Estados Unidos no era esa excepción, se ganaba en dólares, pero también se gastaba en dólares.

Cuando Sadrac vio que la situación se estaba complicando, opto por hacerse un poco el desentendido, no quería ser una carga, pero tampoco quería regresar a su tierra, no sin antes ver cumplido sus sueños, estar en esas grandes ciudades llenas de monstruosos rascacielos, poder ir a los conciertos de rock, regresar a Durango con la frente muy en alto y tener largas charlas con sus amigos sobre la vida en los United States, estupidamente y de forma sumamente inmadura, Sadrac se aferro a un sueño efímero, a una barata ilusión sin fundamento, ilógica y obsoleta, mas pronto de lo que el se imaginara, la vida le daría una gran lección, una lección que Sadrac no olvidaría en toda su vida.

* * * * * * *

Sadrac se traslado la ciudad de Los Ángeles, CA. en donde vivian unos amigos de Durango que no veía desde hace tiempo, duro poco tiempo con ellos, la situación en California es pésima para el recién llegado a esa ciudad, sin hablar Ingles, sin documentos para trabajar y sin dinero para subsistir, empezó a trabajar en un Macdonalds, preparando todo tipo de hamburguesas, cheesburguers, doblecheesburguers, happy meals, etc., el gusto le duro poco, se dio la orden de que tenia que revisar los documentos de los trabajadores y Sadrac fue llamado a la oficina para darle su ultimo checke, la despedida era inevitable, había el peligro incluso de poder ser deportado, pero el patrón de Sadrac tuvo consideración con el pues era un buen empleado, responsable y educado. Sadrac regreso a la casa de su amigo con la cobija por los suelos, Antonio del Monte al que cariñosamente le llamaban Tono, le trato de dar consuelo a Sadrac, pero fue en baño, el ultimo pago lo utilizaría para devolverse a Durango, al menos tenia la gran satisfacción de haber conocido esa gran metrópolis de California, la famosa ciudad Angelina, la que salía en películas de todo tipo, conoció también la avenida Holiwood en donde están las estrellas impresas de los grandes famosos del cine, sus famosos freeways, Disneyland, six flags y lo mas importante aun, su amigo Antonio lo había llevado a ver un concierto del grupo testament y otro llamado dark ángel, Sadrac estaba alucinado, estupefacto, idiotizado a la vez, su primer concierto, su primera aventura dentro de los que era un show en norte america, pero la felicidad dura poco, después de eso Sadrac tenia que volver a su realidad, esa realidad que no se podía hacer a un lado, inevitable, la cruda realidad de la vida común en el país gabacho, si no hay dinero, no hay nada.

---¿Que onda Sadrac, y ahora que piensas hacer?

---No pues, regresarme al Dgo., pero antes le voy a hablar a una tía que tengo en la ciudad de Denver.

---No pos esta chido pues, chance y te diga que te vallas con ella.

---Haber que pasa, si no pues me regreso, de cualquier forma te agradezco mucho todo lo que has hecho por mi.

---Para eso estamos los amigos mi cuate.

---Gracias Antonio.

Durante la estancia en la ciudad de los Ángeles fueron contadas las veces que Sadrac tuvo contacto con Yamileth, la actitud de ella para con el era fría, cortante, distante, Yamileth no era la misma, eso desilusiono a Sadrac y se dio cuenta de que solo había sido un espejismo, tal vez el trampolín que el necesitaba para hacer realidad su sueño, llevar a cabo su propósito, Sadrac se comunico lo mas pronto que pudo con su tía Lucrecia, esta recibió la llamada con gran alegría y entusiasmo haciéndole ver la necesidad que tenia de su compañerismo, pues casualmente estaba sola, recién separada del esposo, Sadrac sintió que aun no era la hora de regresar a Durango, el destino no oponía a que regresara con los suyos, la vida le tenia reservada una sorpresa.

Al día siguiente Sadrac tomo el primer bus con destino a la ciudad de Denver, CO., se despidió cortésmente de su amigo Antonio y del resto de la familia, estaba firmemente convencido a ya no buscar mas a Yamileth, no era lo que pensaba, tal vez para esas alturas ella ya traería nuevo novio, era difícil saberlo, Yamileth era joven, bonita, de buen cuerpo, de seguro alguien estaba persiguiendo su amor, el comportamiento y la actitud la delataban, su indiferencia, su arrogancia, el tono burlón de su voz, había muchos detalles de ella que Sadrac desconocía, pero nadie mas que el tenia la culpa de eso, la forma tan apresurada de conocerla, básicamente Sadrac había actuado de una forma aventurera.

La ciudad de Denver impresiono a Sadrac desde el primer momento que puso un pie en tierra, se veía mucho mas limpia que la ciudad de los Ángeles, Denver se veía una ciudad tranquila, el ambiente era mas al estilo anglosajón, no se veía tanto hispano como en California, Sadrac se comunico con su tía Lucrecia para que lo recogieran en la estación de los greyhound, la línea de camiones mas grande de los Estados Unidos, desde los Ángeles hasta la ciudad de Denver hizo un recorrido de veinticuatro horas atravesando por las famosas montanas de Colorado, Sadrac llego exhausto pero a la vez emocionado y lleno de animo.

La bienvenida fue calurosa como es lo normal, tenían muchos años de no verse y la platica se alargo hasta largas horas de la noche, la tía Lucrecia quería saber de todos y cada uno de la familia, desde los mas pequeños hasta los mas viejos, detalle por detalle, de los vecinos, quería saber como había dejado su antiguo e inolvidable terruño, esa ciudad de encanto que jamás se puede olvidar, Sadrac aun no comprendía esa gran melancolía pues el acababa de salir de Durango como para extrañarla así, no lo sabia aun, no lo podía comprender.

Sin perder el tiempo Lucrecia se contacto con una de sus amigas para poder de esa manera acomodar a Sadrac en un trabajo y este se sintiera útil, ya que no contaba realmente con mucho dinero, la amiga acepto gustosa y lo acomodo en un trabajo de lava platos en un club en donde se practicaban deportes, se le enseño también a saber usar los trasportes urbanos para que de esa manera supiera como moverse y desenvolverse dentro de esa gran urbe de gente; Sadrac empezó a conocer la ciudad de Denver sin demora, la recorría en cuanto camión de ruta podía, tomaba el camión numero diez, después el cuarenta y uno, para después trasladarse a la otra orilla de la ciudad en el numero cincuenta y uno, y regresar a la casa en el cuarenta y cinco south que recorría la avenida federal y cortaba por la colfax ave. rumbo east, habían pasado solo tres meses de la llegada de Sadrac a las rocky mountains y ya era casi un experto en andar por toda la ciudad, el downtown de Denver lo conocía como la palma de su mano pues cada fin de semana se iba a caminar y conocer tiendas, se paraba de bajo de esos grandes edificios de mas de ochenta pisos y los veía como si fueran gigantes de hierro, verdaderos colosos de una era moderna y sin limites, un país capitalista en donde la vida giraba alrededor del poder, del dinero, de la fama, del trabajo. Sadrac empezó a buscar tiendas de música como sahueso tras la presa, localizo varias, pero no lo convencían, solo vendían lo comercial de cualquier tienda disquera, busco en el directorio telefónico, encontró una en particular que le llamo la atención, estaba en la colfax ave., casi esquina del capitolio de la ciudad, fue sin demora, los discos eran usados, pero no importaba, Sadrac se le llenaron los ojos de agua, ese era el lugar que buscaba, ahí estaban los grupos que el quería, Art zoyd, univers zero, the residents, Eloy, banco y muchos, muchos mas, no perdió tiempo, se compro los que mas pudo prometiendo volver a la semana próxima y así semana tras semana se repetía la misma acción, el dueño de la tienda empezó a conocer a Sadrac por su nombre, lo veía como su pequeña minita de oro, ese mexicanito era diferente a los demás, nunca había visto a un mexicano saber tanto de grupos como este, la mayoría solo iban a buscar grupos de música ranchera, cumbias y tropical, algunos de música pop en español, Sadrac era diferente, se veía inmediatamente que el joven sabia lo que quería y sabia bien lo que compraba.

Al poco tiempo la tía Lucrecia empezó a dar de gritos pues se le hacia un despilfarre de grandes dimensiones, Sadrac se gastaba parte de su checke en discos, trabajaba solo para comprarlos, empezó a ir a conciertos, uno tras otro, fue a ver a iron maiden junto con el grupo ántrax, también al judas priest, ozzy, scorpios, metallica, merciful fate, cannibal corpse, death y muchos mas, Sadrac estaba realizando su propio sueño americano, la ambición por la música no tenia limites, incluso fue a ver grandes exponentes del rock progresivo como a Tim Blake, Chris Cutler, Fred Frith, gong, kitaro, jethro tull, king crimson, yes y marillion; Sadrac había hecho su sueno realidad, pero se sentía vació, algo había en el que lo hacia sentirse triste, algo le faltaba, no se sentía completamente realizado, el amor se le venia a la mente una y otra vez, fue cuando decidió hacerle una carta a la mamá de Yamileth, quería agradecerle todos los buenos detalles, atenciones y amabilidades que había tenido con el, en el tiempo que vivió con ellos, la señora lo trato como uno mas de la familia, quería decirle también que ya estaba trabajando, que de los Ángeles se había mudado a la ciudad de Denver con una tía, en la misma carta le ponía su numero de teléfono por si acaso se querían comunicar con el.

A la semana siguiente una llamada inesperada sacudiría a Sadrac, era la voz de una joven que preguntaba por el, la tía Lucrecia le paso la llamada con un tono pícaro y burlón.

---¿Te hablan Sadrac, hummmm, ya tan pronto y handas de galán?.

---No tengo idea quien me hable.

---Es una mujer.

Sadrac contesto el auricular sin perder el tiempo, era ella, la inesperada llamada hizo que Sadrac tartamudeara y se pusiera nervioso.

---Hola Sadrac, ¿como estas?

---Bien ¿y tu?

---Últimamente he pensado mucho en ti, te he extrañado

---¡Ho si! pues no te lo creo.---Sadrac le empezó a llevar el juego de una forma infantil.

---Te lo juro, han pasado mas de un year y ya no me habías call me.---Yamileth empezó a hablar el spanglish.

---Pues las pocas veces que te hable te portaste de una forma muy cortante y hasta grosera.

---No my dear, siempre he pensado en ti, de verdad. ---Sadrac siempre fue de corazón noble, no tardo mucho en convencerlo para que todo volviera como antes.

Las llamadas por teléfono se hicieron cada vez mas frecuentes, cada semana, cada día, a todas horas, la impaciencia de Sadrac por estar de nuevo con su novia era cada vez mas evidente, la tía Lucrecia no le cobraba a Sadrac ni un centavo por el alquiler, ni por su comida, Sadrac seguía con su rutina irresponsable de comprar discos, ir a conciertos, llamarle a Yamileth. Vivía en una pequeña burbuja en donde la realidad del mundo pasaba inadvertida para el, no tenia menté, ni cabeza para nada, solo vivía su propio mundo.

Al medio año de estar en contacto con Yamileth, Sadrac tomo una determinación, le propondría matrimonio de una vez por todas, de esa manera el se daría cuenta si ella solo estaba jugando con el o su amor era realmente verdadero. La reacción de la muchacha ante el ultimátum que le puso Sadrac fue sorprendente, la bella Tejanita le dio el si definitivo, ella quería compartir su vida al lado de Sadrac, a su vez Sadrac quedo en shock, no se esperaba esa respuesta, sin mas demoras se fijo la fecha para la boda, se realizaría en tierra Texana, su natal estado, en Pharr para ser exactos, no mas conciertos, no mas discos, no mas tirar el dinero en música de ningún tipo, la boda seria dentro seis meses y no había mucho tiempo de juntar para todo, el vestido de novia, el pastel, la fiesta, la luna de miel, los anillos. Aunque a Sadrac eso realmente no le preocupaba tanto, consiguió otro trabajo por las tardes. Limpiaba oficinas y por las mañanas prestaba sus servicios en una fabrica de pollos, en menos de tres meses había juntado dinero suficiente para comprarle el vestido a su adorada gringuita, mil quinientos dólares fue el total del vestido y Sadrac se los mando sin demora alguna, lo que le faltaba de tiempo lo dedicaría para juntar lo suficiente para el viaje, por un buen tiempo dejo de frecuentar la tienda de discos en donde cada semana iba sin falta a comprar hasta de a diez discos a la vez, el dueño de la tienda extrañaba a Sadrac, hasta le mando una postal de cumpleaños con tal de atraer una vez mas a su tan codiciado cliente, cuándo Sadrac regreso para comprarle un par de discos antes de irse a casar, el viejo James le mando traer un pastel con tal de retenerlo y no se le fuera a otra tienda; Sadrac le explico el motivo de su ausencia y James casi lloro de tristeza, sabía que sus ventas bajarían, Sadrac equivalía el treinta de sus ventas semanales, no había grupo, disco o artista que Sadrac le pidiera porque el viejo James se lo conseguía en un tronar de dedos, la boda de Sadrac y mas que nada el que este se fuera de Denver a radicar a otro estado le cayo como patada de mula.

Cuando Sadrac se movió de Colorado al estado de Texas se llevo aparte de su colección de disco, unas cuantas cacerolas, platos, cubiertos, toallitas para la cocina y uno que otro adornito para su nueva casa que compartiría al lado de su Tejanita, la futura Yamileth Quintana, ya que en estados unidos se acostumbra que al casarse la mujer pierde el apeido paterno para tomar así el apellido de su nuevo esposo. Durante el tiempo que trabajo en Denver se compro un pequeño carrito de cuatro cilindros y ese le sirvió para irse hasta el valle de TX., se fue en compañía de un amigo Guatemalteco al que le apodaban la tripa, juntos emprendían la gran odisea, tenían todo planeado, viajarían por todo el Hwy. setenta east hasta cortar camino en el Hwy ciento treinta y cinco que los llevaría a Wichita, KS., ese mismo se transformaría en Hwy treinta y cinco cruzando el estado de Oklahoma, para luego después entrar al estado de Texas, atravesando por Dallas, Austin y por un lado de San Antonio, cortarían camino en el freeway numero doscientos ochenta y uno directo hasta la ciudad de Mcallen en donde Yamileth lo esperaba con una sonrisa radiante y los brazos abiertos, fue un recorrido largo y cansado, en Denver Sadrac dejaba una vez mas a su tía Lucrecia, algunas buenas personas que le habían tomado algo de afecto y sobre todo los discos y los conciertos, él sabia perfectamente que Mcallen no contaba con ese tipo de espectáculos, ahí solo se conocía la música regional mexicana, el texmex y las cumbias, sin embargo estaba dispuesto a sacrificarlo todo por el amor, tendría tiempo de sobra para ver mas shows o si ese no fuera el caso, ya había suficientes bandas como para desear mas, en cuanto a los discos, eso si le dolía, se le empezó a hacer vicio por comprar discos, se sentía mal, sudaba por las noches, los ojos se le dilataban y la boca se le secaba en ratos, no le quedo de otra mas que aguantar su propio dolor y disfrutar de la compañía de su futuara esposa, Yamileth se veía alegre, resignada a lo que vendría, los preparativos no fueron muchos, la comida seria ha base de sándwiches con sodas, de postre, solamente el pastel de la boda que corrió a cargo de los vecinos de la novia; hicieron una colecta para adornar el salón y comprar los globos que adornarían tanto la entrada como por dentro del lugar, las invitaciones se empezaron a repartir quince días antes de la boda, Sadrac le mando una a su madre, a su hermano Misael y a sus tíos y demás parientes, nadie fue a su boda con excepción de Misael y una tía, la tía Ahuachtli, que en castellano significaba gota de roció, le pusieron ese nombre en náhuatl pues cuentan que cuando nació la criaturita estaba chiquita, chiquita y blanca, se le figuro que tenían una gotita de agua entre sus brazos, pero como no le podían poner gota de rocío pues la gente se hubiese reído tanto de ella como de la familia, el padre, o sea don Omar, abuelo de Sadrac pues investigo hasta que encontró ese nombre en el dialecto de los aztecas y la bautizaron con el nombre de Ahuachtli, gota de roció; también los acompañaba el esposo de la tía, don Diego de la Quebrada, un sujeto bajo de estatura, enclenque y cara de pocos amigos, aunque en el fondo y tratándolo, era buen mozo. Sadrac se sintió herido y defraudado por los suyos, era la ocasión más importante de su vida y casi nadie había podido ir a su boda con Yamileth, en cambio, por parte de la novia todos fueron, tres cuartas partes de la ciudad de Pharr, TX. se dieron cita para bailar, reír, cantar y comer sándwiches hasta quedar satisfechos, al finalizar la fiesta, les prestaron un carro para que el novio se fuera con su mujer, a algún sitio lejano en donde nadie los molestara, tres botes colgaban de la defensa del automóvil haciendo ver que eran unos recién casados.

La luna de miel se realizo en un pequeño hotel de la ciudad de Reynosa, ahí Sadrac y Yamileth empezaron a jugar juntos los deliciosos juegos del amor, las caricias apasionadas, los besos que dilataban la presión sanguínea, los fuertes apretones, las palabras sutiles y los susurros en los oídos que hacen que la piel se erice, las sabanas fueron testigos silenciosos de esa noche de pasión, derroche de amor y palabras ajenas al odio, irradiaban amor, jubilo, alegría, toda esa magia que se refleja en una pareja de recién casados. A la mañana siguiente se fueron a desayunar a una pescadería dentro de lo es la zona centro de la ciudad de Reynosa, unos camaroncitos a la diabla, una mojarrita y de botana, unos chicharroncitos de pescado con salsa valentina y su limón, eso obviamente, para cada uno ya que llegaron con un hambre feroz y siniestra.

Al día siguiente se regresaron a Mcallen felices, como un par de niños, bromeando, riendo, jugando, se besaban, se abrazaban, se tomaban de la mano, se soltaban, él le daba una ligera nalgada de cariño, ella reía como niña su sonrisa coqueta, maliciosa, malévola lo incitaba a el a llegar a casa para seguir practicando ese hermoso arte de amar y ser amado, como recién casados los dos jóvenes se dedicaban solo a gozar de la vida y de su juventud, Yamileth trabajaba en un pequeño restaurante de Mcallen y Sadrac solo se la pasaba en casa disfrutando del clima tropical del valle, no podía trabajar por falta de documentos, no se podía arriesgar pues la frontera esta muy vigilada todo el tiempo, la única forma que Sadrac pudiera trabajar seria que su esposa le arreglara papeles, cosa que Sadrac no acepto con mucho gusto, su idea de vivir para siempre en ese país no lo hacia sentir del todo feliz, tenia la ilusión y esperanza de regresar a su tierra, a su querido Durango, a sus barrios, con su gente, con los suyos.

La situación en las ciudades fronterizas es un poco difícil especialmente si no se tienen documentos legales para poder trabajar, por esa razón, Sadrac decidió regresar a Denver con todo y su mujer, unas pocas semanas antes de emigrar a la ciudad de Denver Yamileth le da una noticia a Sadrac que lo paraliza y a la vez lo pone a brincar de felicidad. Estaba embarazada, tenia apenas un mes de embarazo y su vientre aun no la delataba, Sadrac brinco, grito, lloro, se revolcó, aullaba, reía, hacia gestos y todo por esa gran noticia de que por primera vez seria padre, abrazo a su joven y bella mujer con ternura y cuidado, no dejaba que se quitara los zapatos sola, para eso estaba el, si Yamileth quería un vaso con agua, Sadrac se lo llevaba, agacharse a levantar algo, nunca, el lo hacia por ella, Sadrac se volvió en su esclavo, en su servidor, el limpiaba la casa, cocinaba, fregaba, le daba masaje en los pies aun cuando no los tenia hinchados, la consentía, la protegía, la mimaba, la acariciaba, Yamileth se convirtió en la mujer mejor cuidada de todo el valle de Texas, Sadrac era un esposo modelo, el mas atento, el mas amoroso, un hombre fiel a los servicios de la mujera la que ama.

* * * * * * *

El viaje de regreso a la ciudad de Denver, CO. llevaba a su amada mujer con los nervios de punta, sus cuatro meses de embarazo ya se notaban, mucha gente le aseguraba serian gemelos, pues el estomago le crecía rápidamente, aprovecharon el viaje para ir parando en cualquier lugar que se les antojara, llegaban a restaurantes, al baño, a hoteles, a miradores, a lugares turísticos por el camino, en fin, no había ninguna prisa para llegar, Sadrac ya había contactado una vez mas a la tía Lucrecia para avisarle que llegarían con ella, la tía acepto pero esta vez no de muy buena gana pues al parecer ya vivía con un nuevo novio. Un fin de semana se fue a divertir con un par de amigas a un baile de música ranchera y ahí conoció al nuevo galán, se llamaba Rufino Malrostro y le apodaban el pedos quietos ya que era de esos mustios que suelen atacar solo por la espalda.

La llegada de Sadrac con su nueva esposa puso a pedos quietos un poco malhumorado pues el solo quería ser en esa casa, deseaba ser el rey, el amo y señor de los bienes de la ingenua tía Lucrecia, pero tenia que actuar con astucia y disimulo, actuaría sabiamente, de forma inteligente,se trataría de ganar la confianza de Sadrac para que este lo considerara su amigo, el hombre en el que todos podían confiar, por otro lado le metería cabula a la tía sobre esos dos intrusos que acababan de llegar, al fin y al cabo ella estaba enamorada de el y confiaría en el y solo en el. Pedos quietos se dio prisa a diseñar un plan de ataque, haría que tanto Sadrac como Yamileth se sintieran mal en esa casa, bien dice el dicho popular, el muerto y el arrimado a los tres días apesta. Después de una semana de estar viviendo bajo el mismo techo, Yamileth se trataba de afanar por ganarse la confianza de su tía política, le limpiaba la casa, se la barría, se la trapeaba, lavaba platos, limpiaba el baño, doblaba ropa, hacía de todo, solo la comida era responsabilidad de la tía, pues esta era sumamente escrupulosa con los guisos y los platillos que le preparaba a su honey, no sabiendo que Rufino Malcara mejor conocido en el bajo mundo por pedos quietos, era una fichita, una lacra, un vividor, un vampiro profesional de mujeres, un playboy de pacotilla.

Aprovechando que Yamileth acababa de limpiar el baño. Rufino entraba al baño simulando lo utilizaría y ya una vez que terminaba lo dejaba peor de sucio que antes, escupía sus verdes y repugnantes flemas en el piso, en el lavabo, el espejo lo mojaba completamente de agua y salía del baño disimulando que nada había pasado, cualquiera se enfadaría de esa situación y Yamileth no era la excepción, se quejaba con su marido del trato de sirvienta que estaba llevando en esa casa, Sadrac llegaba del trabajo y solo quejas y reproches era lo único que escuchaba, pedos quietos esto, pedos quietos lo otro, pedos quietos, pedos quietos, Sadrac estaba ya fastidiado del cherito de caricatura, aparte de que mañana, tarde y noche quería estar escuchando sus corridos perrones a todo volumen, sus botas de piel de cobra real, que mas bien parecían de piel de lagartija pues estaban descoloridas y casi transparentes, las dejaba tiradas a media sala junto con sus calcetines que en cuestión de segundos impregnaban la casa con un aroma amargozo y desagradable, su tejana negra mil equis, la que cuidaba casi con su vida pues se la había regalado su apa antes de salir de su humilde jacal, eso era lo que decía pedos quietos cada vez que le preguntaban en donde la había comprado su extravagante tejana negra, pues una joya de ese tamaño no cualquiera la portaba en la cabeza, solo los que andaban en malos pasos tenían el dinero para un lujito de ese tipo, y la verdad, todo mundo sabia que pedos quietos no tenia en donde caerse muerto.

Después de un mes de estar soportando ese infierno, la bomba exploto, Yamileth imploro, le rogó, le suplico, se le arrodillo y por ultimo se lo exigió haciendo valer su derecho como esposa y futura madre, solo le pedía un cuarto donde pudiera estar los dos y próximamente el nuevo miembro de la familia, Sadrac le dijo que si sin demora alguna y en la primera oportunidad que tuvieron empezaron a buscar un cuarto en donde pudieran vivir en paz y libremente, un lugar solo para ellos dos en donde Yamileth ya no fuera la cindirella de nadie.

Rufino Mal rostro se ganaba una batalla, la parejita de enamorados salían despavoridos de la casa de la tía Lucrecia, no tenían mucho que cargar, solo su cama matrimonial, un pequeño guardarropa,sus pocos platos, sartenes y su ropa era todo lo que cargarían, Sadrac había conseguido un pequeño studio para los dos, la sala que también era cuarto, su cocina y un pequeño baño, no pudieron encontrar nada mejor, estaba perfecto para ellos, el barrio no era lo máximo pero ellos se concretarían solo a vivir sin meterse con nadie. Al poco tiempo de estar viviendo en ese complejo de apartamentos pudieron darse cuenta de la clase de vecinos que tenían a su alrededor, la mayoría se dedicaba a vender drogas, había prostitutas, homosexuales y toda clase de gente con costumbres no muy envidiables, de cualquier manera preferían mil veces estar en ese lugar que seguir viviendo en casa de la tía Lucrecia y seguir viendo a ese malandro de Rufino, alias pedos quietos.

La llegada del nuevo bebe trajo inmensa felicidad al pequeño departamento del matrimonio Quintana, la bebe, pues fue una hermosa mujercita, se llamaría, Hiuhtonal Quintana, que significa (luz preciosa) la primogénita del feliz matrimonio, todas las atenciones y cariños desvelos, regalos, la llenaban de besos, caricias, palabras tiernas, apenas lloraba y ya estaban al pendiente para cerciorarse si le pasaba algo, si algo le dolía, si tenia hambre, si estaba rosada, sucia, orinada o si estaba enfermita, Huihtonal se convirtió en la razón de vivir para Sadrac y Yamileth, esa niña llenaba todo el pequeño espacio de ese departamento, su diminuta cuna esta adornada con los mas tiernos y delicados peluches, la pared, todo a su alrededor estaba detallada y cuidadosamente puesto para el gusto de la diminuta mujercita; para ese pequeño ser que daria luz a sus vidas.

Sadrac trabajaba durante la tarde, de esa manera la mañana se la dedicaba a su hermosa esposa y su adorada criaturita recien nacida; la vestían con los mas curiosos y simpáticos vestiditos, mamelucos de todos colores, zapatitos, sombreritos y demas estuches diseñados exclusivamente para mujercitas de la primera edad. Su esposa Yamileth se ocupaba de la pequeña Huihtonal, atenta a cualquier cosa que ella pidiera, darle de comer a sus horas, cambiarla, velar mientras la bebe dormía, jugar con ella, en fin, Yamileth se dedicaba en cuerpo y alma para su beba, su pequeño ángel. Los gastos de la feliz paraja eran mínimos, la renta estaba demasiado barata, su despensa de surtia con un pequeño porcentaje de dinero, en realidad solo para ellos dos, Huihtonal se nutria solo de la leche materna; Sadrac se estaba acoplando poco a poco a su nueva vida, a un nuevo país, a gente de diferentes culturas, a un nuevo idioma. El ingles muy apenas lo balbuceaba, palabras básicas como un niño cuando esta aprendiendo a hablar, Sadrac empezaba a saborear la vida norteamericana, pero nunca sin olvidar su tierra, su gente, sus raíces, en especial a sus amigos, a su madre, a su hermano, de su padre no sabia ya mas nada, Tonahtiu se habia desaparecido en el tiempo, en un pasado amargo que Sadrac queria enterrar como fuera lugar, de cualquier forma muchos recuerdos lo seguían, no es facil olvidar toda una vida y cambiar a otra de la noche a la mañana de cualesquier forma Sadrac estaba contento, feliz con su familia.

Los nervios se manifiestan de diferentes maneras, hay personas que el estrés los enloquece, los atonta, los encierra en un mundo lleno de nervios, temores, enfermedades; Un día Sadrac se sintio enfermo, empezó a vomitar sangre, rápidamente Yamileth se movilizo para llevarlo al hospital, lo atendieron de forma inmediata, el diagnostico, ulcera, estaba a punto de reventarse, los doctores se movilizaron al cien por ciento para detener la emorragia interna, se temía lo peor, cinco minutos que Yamileth hubiese llegado tarde con su esposo y la pequeña Huihtonal hubiera quedado huérfana, tan rápido llego a la sala de emergencias le colocaron una sonda por la nariz para extraer toda la sangre perdida y acumulada que el tuviera dentro del estomago, el dolor fue terrible, Sadrac pego un grito alto y agudo al sentir como esa gruesa tripa de plastico entraba por su fosa nasal, rasgaba la carne por dentro, pasaba por su garganta y se alojaba en su estomago para después empezar a succionar la sangre desecha y negra que ponía en riesgo la vida del joven padre.

El peligro había pasado, los doctores y enfermeras hicieron un trabajo excelente, sin tacha, habían demostrado su gran profesionalismo y espiritu humanitario que los hacia merecedores a tan noble profesión, la de ser servidores publicos para la salud y para la humanidad entera, la de salvar vidas. Después de tres días de haber estado hospitalizado decidieron soldarle las yagas internas que tanto perjudicaban a Sadrac, después de esa leve pero significativa operación Sadrac salio del hospital a la semana después.

A partir de esa recaída, las cosas ya no fueron las mismas, Sadrac perdía los trabajos pues los ardores en el estomago eran fatales, la sensación de traer fuego dentro de los intestinos no es nada agradable, pedía permiso constantemente para salir temprano, terminaban despidiéndolo, la situación se ponia tensa, muchas veces terminaban en grandes discusiones, gritos y llanto por parte de Yamileth, a la gran mayoria de las mujeres les gusta sentirse seguras, que su economía sea algo estable, Sadrac empezaba a fallar en esa importante, pero incuestionable tarea masculina, darle el sustento necesario a su familia, a pesar de todo trataba de serlo, hasta que un día conoció a un doctor que le receto unas pastillas que hicieron magia en Sadrac, las agruras desaparecieron, podía comer de todo, incluso picantes si el lo deseara, esas pastillas le estaban dando a Sadrac la confianza ya perdida a su pronta recuperacion y a llevar una vida normal como cualquier joven, aunque ya padre de una hermosa niñita.

Al año y medio Yamileth volvió a salir embarazada, la joven pareja traerian al mundo a otra hermosa y saludable mujercita, a esta Sadrac le pondria por nombre Yadira, la recién nacida trajo aun mas felicidad a la pareja, momentáneamente los problemas se disiparon con la llegada de Yadira, era una bebe saludable y llena de vida, con unos chapetes en su carita que la hacia verse aun mas bella, siempre sonriendo, casi no lloraba, solo lo necesario como cualquier bebe acabado de ver la luz de su nuevo mundo, un mundo al que se enfrentarían por siempre.

Con la llegada del nuevo miembro a la familia Quintana, estos tuvieron que buscar un lugar mas amplio donde mudarse, ya no podian caber los cuatro en ese pequeño pero comodo apartamentito de solo un baño, cocina y su dormitorio, el cambio de casa fue rápido, Yamileth encontró una casa duplex de tres cuartos, sala baño y su cocina bastante amplia, al parecer llenaba los requisitos necesarios para la pequeña familia, Sadrac trabajaba en un empleo por las mañanas se había enseñado a soldar, había tomado ese oficio pues al parecer era bien pagado y aparte le agradaba.

* * * * * * *

Los pleitos las presiones siguieron, Yamileth se quejaba amargamente de sentirse fastidiada, aburrida, sin distracción alguna dentro de esa casa en donde no era capaz ni siquiera a asomar la cara para sentir la brisa, el sol, poder ver los carros al pasar, la gente, en fin, amenazo a Sadrac con abandonarlo si no hacia algo por remediar esa situación, Sadrac no le quedo mas remedio que buscarse un trabajo de medio tiempo para poder tener mas dinero y sufragar de esa manera los gastos de la familia y asi les quedara mas tiempo para divertirse e ir de compras, a las tres semanas de que Sadrac habia conseguido ese trabajo de media jornada, volvieron las amenazas, esta vez parecia que todo iba muy en serio, ella lo amenazo con irse esa misma tarde para siempre y llevarse a sus dos pequeñas hijas con ella, le dijo que se despidiera por ultima vez pues nunca las volveria a ver, Sadrac se fue a trabajar temeroso de que su esposa cumpliera con su amenaza, en el trabajo no se sentia seguro, el reloj no avanzaba, las manecillas no caminaban lo suficientemente rapido para ver que las horas pasaran como de costumbre, se sentía desesperado, inquieto, pensaba en la posibilidad de llegar a la casa y encontrarla vacía, triste, sin sus hijas que lo eran todo para el. Por fin llego la hora de la salida, no perdió ni un minuto mas, se alisto en su vehiculo y a toda marcha cruzo las calles de la ciudad de las rocallosas para llegar a su destino, por fin, el camino se le hizo eterno, pero ahí estaba, en su casa,con los suyos, ansiaba el ver a Huihtonal y la pequeña Yadira, estaban en casa aun, al parecer no lo habian abandonado, sin embargo Yamileth se dirigio a el en tono seco y frio una vez mas.

---Solo te estabamos esperando para despedirnos de ti.--- Sadrac se quedo mudo, los ojos se le empezaron a poner rojos, con agua, no podía hablar, solo veía a sus dos hijitas, no las dejaba de ver, sentía que el mundo se le acababa, se sentía perdido en ese mundo de confusión al que no sabia como habia empezado, que había hecho malo para merecer ese castigo, solo trabajar para darles gusto, al fin y al cabo el era el hombre, su obligación era trabajar, no ganaba realmente mucho para darles lujos, solo una vida digna y sin pasar hambres, les tenia lo necesario, lo indispensable, entonces, ¿en donde estaba el error? ¿en que se había equivocado?, en esos momentos sintio una gran decepción, a la vida, al amor, a si mismo. Instintivamente fue corriendo a la licoreria de la esquina y compro un vino marca el presidente, quería ahogar sus penas en algo, no tenia amigos con quien desahogar su tristeza, la tía Lucrecia, ella solo tenia ojos para el infeliz de pedos quietos, su mundo era solo el, trabajar para el, vivir para el, valla suerte del pobre diablo, mantenido por una mujer, por una vieja, en fin, ese era problema de ella; se empezó a beber la botella sin compasión alguna, como quien camina por el desierto un día completo y de pronto se encuentra un pequeño oasis en donde mitigar su sed, se sentía solo en el mundo, cuando llevaba apenas mitad de la botella consumida, los efectos empezaron a hacer su trabajo, Sadrac ya no podia sostenerse, las piernas se le doblaban solas, el cuerpo no le respondía, la lengua se le durmio y sin mas vergüenza a nada ni a nadie rompio en llanto, un llanto amargo y desgarrador que le quemaba el alma entera, sentía que se desgarraba por dentro y por fuera, un dolor que no se puede explicar con palabras, basta pasar una gran pena para poder comprender esas cosas, en ese momento Sadrac sintió el verdadero dolor que siente un hombre y que ahoga sus frustraciones tontamente en una botella de alcohol que solo momentáneamente lo alivia, pero que despues vuelve el problema y sigue ahí, Sadrac lloro amargamente durante toda esa noche hasta quedar dormido como un niño indefenso, en un rincon del baño de la casa, no supo mas de nada, el alcohol había cumplido con su labor.

A la mañana siguiente Sadrac se levanto torpemente agarrandose de donde podia y con un dolor de cabeza que casi lo volvia loco, se sentía atontado, el no sabia lo que era una cruda, el estomago le daba vueltas como si trajera un enjambre de abejas dentro y todas volando al mismo tiempo para cualquier dirección. Al empezar a caminar, su primer impulzo fue ir a la recamara para ver si estaba solo o acaso Yamileth había cumplido con su amenaza de irse y llevarse a las niñas con ella; ahí estaban, las tres mujeres mas hermosas que el conocía, su esposa con sus dos pequeñas princesas, sintió un alivio inmenso que lo hizo hasta brincar a pesar del dolor de cabeza que se cargaba en esos momentos, su mujer estaba ahí, dormida, como si nada hubiese pasado un día anterior, Sadrac fue a la cocina a buscar un calmante para ese dolor que le punzaba los sesos, solo encontró un par de sal de uvas picot, algo parecido a los alcacelcer, tomo un vaso de cristal con agua y sin mas demora los disolvió con el agua para tomarlos de una forma un tanto desesperada, con ansias, el agua incluso se le escapaba por los lados de la boca, de un gran sorbo bebio hasta la ultima gota dejando asi el vaso seco una vez mas , solo con pequeños residuos del polvo medicinal.

Después de una hora Yamileth se levanto dandole a Sadrac los buenos días de una forma sarcastica.

---¿Como pasaste la noche amorcito?.

---¿Y como querias que la pasara? De los mil demonios.

---Andale pero sigue tomando, no, si ayer te pusiste como araña fumigada, que bárbaro.

---No pos si, y fue de puro gusto, ya sabes que a mi me gusta ponerme pedo a cada rato.---Yamileth soltó una fuerte carcajada y Sadrac no le quedo de otra mas que tragarse su coraje y escupir las viles al piso.

No cabía duda, ella estaba cambiando y mucho, ya no era la misma, la mujer delicada y tierna de la que el se habia enamorado, pareciera como si no fuese feliz con el, en veces hasta tenia la impresión de que se habia casado con el solo por algo mas, pero menos por amor. Una tarde en que llego Sadrac del trabajo un poco mas temprano que de costumbre, encontró a su mujer llorando amargamente mientras escuchaba una cancion por la radio, la canción hablaba de un viejo amor, de eso que nunca se olvidan.

---¿Que tienes?.---Pregunto Sadrac algo preocupado mientras miraba a su mujer un tanto atonito y confundido por la forma en que esta sufria en silencio, sin decir nada esta se seco las lagrimas rapidamente y se concreto solo a balbucear unas cuantas palabras solo para despistar la curiosidad de Sadrac que no dejaba de mirarla sorprendido.

Después de eso, Sadrac empezó a tener sospechas sobre los sentimientos encontrados de su mujer, empezó a darse cuenta de que la tenia solo en cuerpo, pero al parecer su corazón y su mente los tenia en otro lado, por lo tanto, empezó a investigar paulatinamente la vida pasada de ella, de su amada esposa Yamileth.

Al parecer ella había tenido un novio antes de conocer a Sadrac, ese muchacho habia sido el amor de su vida, las causas de su rompimiento aun no las tenia bien en claro, pero ¿como investigarlo?, ¿como saberlo?, tal vez la unica forma seria tomando al toro por los cuernos, enfrentaría a Yamileth y le exigiria que le contara todo sobre ese dichoso antiguo amor. Entre mas pronto mejor, la conducta de ella no era normal, Sadrac no estaba tan equivocado del todo, los recuerdos de Yamileth eran muchos y la atormentaban día y noche, los recuerdos venian y se postraban en su mente, los arrepentimientos la atormentaban y era mas que claro que el amor por Sadrac o mas bien lo que ella creia era amor se desvanecía como neblina al ir saliendo el sol, un viejo amor ni se olvida ni se aleja, Yamileth experimentaba en carne propia lo que decia la letra de esa canción. Por otra parte Sadrac sentia que su vida se consumia con esa mujer, la amaba demasiado, tal vez mas que a ninguna otra, al fin y al cabo con ella se habia casado, la había escogido para que fuera su compañera de por vida, sus dos hijas no se quedarian sin padre solo por malos entendidos, Sadrac sabia que sin esas dos pequeños seres su vida seria un verdadero vacío, nunca volvería a ser igual su vida sin ellas, esos dos pequeños angelitos que no tenian culpa de nada, los errores son de los adultos, no de las criaturas, por ellas era capaz de todo, de humillarse, de aguantar, de tragarse corages.

CAPITULO

VII

Quien lo fuera a decir, Sadrac Quintana, el joven talento, el artista, ese muchacho lleno de corage y agallas que no le tenia miedo a la vida, sino todo lo contrario, el reconocido joven poeta y escritor de un periódico local de su natal Durango, el que caminaba libre por las calles, el que se sentía amado por una joven que le era incondicional y que nunca la supo valorar, la que le lloraba y se desangraba por su amor, Dulce, esa muchachita que le dio todo sin esperar nunca nada, la que perdio su virginidad por complacerlo y estupidamente creer que lo iba a retener de esa manera, esa es la gran equivocación de muchas jovencitas enamoradas, la inexperiencia y la falta de madurez las hace cometer errores graves que les puede afectar incluso para el resto de su vida. Sadrac nunca valoro esos sacrificios, el simplemente vivia el momento y disfrutaba del placer carnal que ella le regalaba, Sadrac empezó a recordarla y comparar su vida pasada con la presente, una vida llena de libertades y placeres, ahora, una vida de encierro, de estrés, de pleitos, de tristezas, de trabajar duro y arduamente en trabajos que eran de su agrado, de trabajar por la necesidad, de convivir con gente déspota, soportando muchas veces burlas de los gringos que se sentian superiores a los hispanos solo por la diferencia de idiomas, en un ambiente en donde a los mexicanos se le veia como idiotas ignorantes que solo sabian escuchar música ranchera, música inculta. Llegado el viernes lo primero que hacen muchos es correr a comprar cerveza. Los norteamericanos nos critican sin piedad alguna, nos humillan, nos pisotean y como dice el dicho, el zorro nunca se ve su cola, ya que muchos de estos ni siquiera saben realmente hablar correctamente, lo hacen por instinto, pero son incultos e ignorantes, tienen gustos fatales y su forma de actuar es vulgar, Sadrac no dejaba de pensar, meditaba, reflexionaba y mas se convencía del error que habia cometido.

Al poco tiempo Yamileth salio nuevamente embarazada, fue otra mujercita, hermosa, chapeteada, llena de vida, delicada como todo bebe de tierna edad, a esta niñita le pusieron por nombre Quetzalli, que en español significa presiosa.

Siempre que viene un hijo al mundo, las parejas se unen mas en amor, Sadrac y Yamileth no fueron la acepción, la nueva muchachita llego para unirlos mas en su matrimonio, después de eso Yamileth se opero para no tener mas familia, en parte lo hacia para protejerse a si misma, pues en cada embarazo su salud se veia afectada, el doctor fue demaciado claro con ellos, siguen teniendo mas familia y la vida de Yamileth corría peligro, decidieron por voluntad propia ya no tener mas familia.

Por un corto lapso de tiempo, las cosas al parecer iban bien, sin embargo la depresion empezó a hacer de Sadrac su presa, por varios periodos de tiempo la tristeza se apoderaba de Sadrac y este se sumergía en un mundo de recuerdos, sollozos, nostalgias y pesares, tal vez arrepentimientos, sentimientos de culpa, su conducta era diferente, la tristeza lo acompañaba día con día, se volvió en un ser patetico a pesar de ser joven de edad, los problemas continuaban, había momentos en que se contetaban y la relacion parecia ser fantástica, de cualquier forma Sadrac consideraba que cualquier cosa valia la pena con tal de tener a sus tres pequeñas hijas con el, nada podía separarlo de ellas, sus tres crias eran lo mas valioso que el podia tener, no importaba nada, ni humillaciones, ni gritos, ni la soledad que sentia por dentro, para ese tiempo el ya estaba convencido de que su esposa no lo quería, se había casado con el por despecho tal vez, estaba a su lado por costumbre, como saberlo, de alguna u otra manera la conducta ya no era la misma, por cualquier insignificancia surgian los gritos, los reclamos, los reproches, los llantos en silencio, las malas caras que hacian que esa casa se volviera un verdadero infierno, las mentiras estaban a la orden del día, había ocasiones en que el ambiente te sentia tenso, como si una gruesa capa invisible cubriera la atmósfera de la que antes era una casa de amor, un hogar comodo que cualquier persona en este mundo desea, Sadrac se preguntaba si habia sido su suerte o la inprudencia dc haberse unido a una persona a la que realmente no conoció, una persona muy diferente a el. Trae consigo y se guarda siempre, esos sentimientos que nadie conoce mas que solo los que conviven a diario con ese ser, con esa persona, la felicidad es fugaz, momentánea, muchas veces transparente, la felicidad de Sadrac eran sus hijas, Huihtonal, Yadira y la pequeña Quetzalli.

La música seguia siendo para Sadrac su unico desahogo, el escape a esa rutina, a esa monotonía, a ese encierro al que ahora pertenecía, la colección de música que Sadrac tenia para ese tiempo era realmente impresionante, contaba con los discos de cada grupo, una verdadera colección digna de enviadia para cualquier fanatico de la música rock; tenia todos los discos de Magma, Etron fou leloublan, Le orme, Banco, Area, Iconoclasta, contaba con cientos de grupos y miles de discos, Sadrac no tenia vicios dc alcohol, drogas, mujeres, ni siquiera fumaba, solo su música, esa fiel musa que lo seguia y le era fiel tal vez hasta la muerte, se encerraba en su habitacion escuchando por horas enteras la música de su agrado, en una ocacion fue a una tienda de discos para ampliar mas su colección y al estar listo en la caja registradora el gringo que la atendia le pregunto en forma burlona, incrédula y hasta grosera.

---Are you mexican, right?

---Yeah, I`m from México, why?.

---Do you know what kind of music is this?.

---Well yeah, he is Frank Zappa.

---Yeah I know, but, are you sure you want to buy this cd?.--- Fue cuando Sadrac se sintio ofendido en su amor propio, ese pobre infeliz e inculto gabacho no lo hiba a humillar de esa manera, que se creía, que solo por ser mexicano no sabia de música, pobre estupido, cara de caballo, si supiera que yo, Sadrac Quintana soy una enciclopedia ambulante del buen rock y la música selecta, apenas Sadrac iba a ponerlo en su lugar cuando casualmente otro empleado de la misma tienda salio en su defensa, pues conocía a Sadrac desde hace tiempo, ya que este ya era cliente, este otro trabajador sin antes conocer a Sadrac personalmente sabia que era un joven distinto a los clientes avituales que acudian a comprar música en ese lugar, especialmente Mexicanos, el sabia que Sadrac le gustaba la buena música y que conocia de música pues en varias ocaciones le habia tocado atenderlo al estar el encargado de cobrar y había visto los discos que este llevaba, música que solo unos cuantos clientes compraban y entre esos estaba Sadrac.

Pero no todo era frustración y corages para Sadrac, en una ocacion también, mientras el caminaba por el centro de la ciudad de Denver, un desconocido lo paro para hablar con el, se trataba de Tom Perry, un norteamericano nacido en la ciudad de los vientos, Chicago, IL., este hablaba perfectamente el español, casi sin acento alguno, al parecer había conocido a Sadrac desde hace muchos años cuando por casualidad fue a la ciudad de Zacatecas y escucho por una radio difusora local un poema del joven que hasta ese momento le habia sido desconocido, pero ¿como supo que era Sadrac? Yamileth tuvo mucho que ver en el incidente, pues Sadrac se adelanto mientras caminaban como familia paseando en la calle dieciséis en el centro de la ciudad, Tom, al escuchar el nombre de Sadrac Quintana se le vino de inmediato el nombre a la mente y asimilo, es muy difícil encontrarse con dos personas que tengan el mismo nombre y sobre todo el mismo apellido.

---Perdón, señor, disculpe que lo moleste, ¿usted se llama Sadrac?

---Si.---Contesto este de forma cortez sin saber de quien se tratase o como lo conocia.

---Mira, me llamo Tom,Tom Perry y hace muchos years fui a México y escuche un poema tuyo y desde ese tiempo te he querido conocer, porque tu haces poemas, ¿verdad?.---Sadrac sintió que el cielo se le venia abajo de la emoción tan grande que estaba sintiendo en esos momentos.

---Ho si, ¿a que parte de Mexico fuiste?.---Pregunto Sadrac a Tom tratando de demostrar total indiferencia a lo sucedido, dando así la impresión de que estaba totalmente acostumbrado a que la gente supiese quien era el.

---Bueno fui a varios estados de México, pero en donde escuche la poesía tuya por la radio, fue en Zacatecas.

---Ho si, es verdad, algunos de mis poemas los han declamado precisamente en ese estado.---Contesto Sadrac inflando el pecho como un pavo real para demostrar que no le era ninguna sorpresa esa noticia.

---¿Y tu eres de Zacatecas?.---Pregunto una vez mas el güero Tom, tratando de familiarizarse mas con el poeta, sin saber que la fama del joven se habia quedado enterrada en aquella ciudad de la que tal vez nunca debio haber salido.

---No, soy originario del estado de Durango, pero mis poemas han transpasado ya fronteras.---Contesto una vez mas Sadrac haciendo una gala total de su modestia. Mientras tanto Yamileth y las tres niñas esperaban pacientes al lado de estos hasta que terminaran de hablar, para la señora Quintana también había sido una gran sorpresa que a su esposo lo reconociera alguien por la calle y dando a entender como si Sadrac fuera todo un gran artista. Después de casi una hora de charla y risitas nerviosas por parte de Sadrac, Tom le pidio que le dedicara un autógrafo y que mejor que en un libro del mismo artista, fue en donde Sadrac le tuvo que decir que el todavía no publicaba ninguno, Tom casi se fue de espaldas al escuchar tan inverosímil verdad, no podía ser posible, un poeta al que se le escucha por la radio de varios estados de la republica Mexicana y ¿no tiene aun un libro escrito?

eso es imperdonable, inaudito, es casi un pecado contra la santa iglesia, una blasfemia difícil de digerir,Tom se puso de rodillas y no le importo que cientos de personas lo vieran y alzando los brazos al cielo pidio un perdon por esa alma, por decir tan grande e imperdonable mentira, eso no lo podia creer, ya estas altura ya cualquiera puede publicar un libro, incluso los que se sientes artistas, solo vas a alguna editorial no muy reconocida, pagas la tarifa pedida y listo, ya te crees un escritor, Sadrac hubiese deseado que se lo tragara la tierra en ese momento, pero Tom comprendió, pues el rostro del poeta lo decia todo, los colores se le subian y se le bajaban como si fuera arriba de la montaña rusa. Tom Perry se despidio de Sadrac dandole un fuerte abrazo y deseandole mucho porvenir en el futuro, no pudo conseguir un libro autografiado por el, pero al menos se llevaria un grato recuerdo, le contaría a todos que habia hablado en persona por mas de una hora con todo un artista y al final se habia despedido de abrazo y toda la cosa.

* * * * * * *

Casi a la semana despues de tan suculenta charla, Sadrac no debaja de pensar en ese tan inesperado encuentro, de alguna manera ese desconocido le habia hecho revivir viejos tiempos, recuerdos que florecian a cada instante, nostálgicos sueños que hacian que este se despertara como ido, con la mente puesta en otro lado, veía a sus tres hijitas y volvia a la realidad, ponía nuevamente los pies en la tierra, esos días de gloria habian ya terminado, ahí la gente era totalmente diferente, con otra mentalidad, con otras ideologías, la gente vivia para trabajar y trabajaba para vivir, el comprarse una casa, el traer un buen carro, traer buena ropa, eso era lo importante, presumir que alguien ganaba mucho mas que el otro, todo se movia por vanidad y mas vanidad, cosas superfluas, materiales, mucha de esa gente no tenian tiempo para tonteras de arte, aquí se viene a chingarle mi compa, era la expresion de muchos que venian al país del norte a trabajar duro para mitigar el hambre y sacar a la familia adelante alla en México, aunque aquí anduvieran en bailes cada fin de semana y diciendole a las mujeres que eran solteros, una noche de aventura, al fin y al cabo ¿a quien le hace daño? las tejanas, los cinturones piteados, las botas de pieles exóticas, esa, la cultura que Sadrac veia a diario y era el pan de cada día para el. Esa era la gente de su México, ese gran país al que el queria tanto y no podia olvidar, esa era la gente que el no conocía, la verdadera gente con hambre, con sed de triunfo, con ganas de hacer dinero de forma digna y trabajando duro y arduamente para mejorar su estilo de vida, mucha de esa gente era inculta, si, pero era gente trabajadora, gente que no tuvieron la oportunidad tal vez de haber ido a una escuela para superarse pues crecieron en pueblos marginados, pueblos recónditos en donde la educación no hace tanta falta, o al menos eso cs lo que ellos piensan, la agricultura, los oficios domésticos, el sacar el sustento para poder comer y asegurar la vida. Por eso cuando llegan a los Estados Unidos, tienen hambre de hacer dinero, hambre de sobresalir y conseguir lo que nunca hubieran podido tener en su tierra natal, muchos lo logran y se regresan felices, satisfechos de haber conseguido lo que buscaban, realizando así sus metas, otros se les olvidan y se quedan en el país de por vida, trabajando sin parar, para que regresarse a un país que nunca supo darte de comer, aquí seremos burros, pero al menos comemos dignamente, cuantas veces Sadrac escucho decir eso a algunos compañeros de trabajo. Sadrac se ponia a pensar y solo le quedaba por escuchar a esos trabajadores que llegaban de cualquier rincon de Mexico.

Mientras tanto Sadrac se le empezo a meter en la cabeza la idea de publicar un libro, las palabras de Tom Perry taladraban sobre su mente y no lo dejaban en paz, el sacar un libro era y habia sido su gran sueño, mientras había vivido en Durango se habia dado a conocer ante toda la comunidad como alguien dado a escribir poesía, muchos lo conocian tambien por sus grandes conocimientos sobre la música, pero eso era otro cantar, el escribir poemas y sacar a flote sus sentimientos en papel se habia ya hecho toda una forma de vida para Sadrac. La nostalgia y los golpes que le daba la vida vez tras vez hacia a Sadrac un hombre con sentimientos maduros, ahora veía la vida desde diferente ángulo, los tantos arrepentimientos que cargaba en su espalda, las tristezas y sobre todo las grandes desepciones que marcaban su vida como si fueran cicatrices en el alma, en el corazón.

Sadrac con su poesía y acompañado de melodias relajantes, tristes para muchos, pero bellísimas a su forma de pensar y ver la vida. Aun así, Sadrac escuchaba de todo, pero sobre todo música como la de Kitaro, vangelis, tangerine dream, Bernand Loreau, Kistenmacher Bernd, agitatión free, Klaus Schulze. Esa música relajaba tanto a Sadrac que se olvidaba del mundo exterior, no había para el fronteras mientras deleitaban sus oídos, su cerebro empezaba a navegar por lugares lejanos, gente desconocida, tierras ocultas, mujeres hermosas, le escribía a los amigos del pasado, a sus viejos amores, a la vida, al amor, a su madre, a esa mujer que le habia dado la vida y que muy pocas veces había vuelto a ver desde que emigro a los Estados Unidos y se caso con Yamileth. A esa mujer que con desvelos, preocupaciones y trabajando de sol a sol habia sabido hacer un hombre de bien, responsable, pero sobretodo con sensibilidad, con mucha sencibilidad.

Fatima se habia quedado lejos, pero nunca en el olvido de un hijo para una madre y mucho menos en una madre para un hijo, los recuerdos y los sentimientos tenian a Sadrac en la locura, en la depresion constante, era como si a un animalito lo hubiesen sacado de su hábitat natural para llevarlo a otro completamente distinto, solo el trabajo y sus hijas eran distracción suficiente para que Sadrac pasara los días y estos se fueran rapidamente como quien quiere sostener agua entre sus manos.

Las tormentas invernales que se dan en muchos estados de la union americana, incluyendo al estado de Colorado eran comunes año tras año en esa ciudad, fuertes nevadas hacian difícil la vida para muchos residentes de las rocosas y el ir a los trabajos era todo un show. Sadrac se fue imponiendo a esta clase de vida pero nunca se acostumbro del todo a ese clima seco y frio que cada mañana lo hacia temblar antes de poner en marcha el automóvil, el quitarle la nieve a los parabrisas, las ventanas, raspara el hielo que se formaba en el vidrio delantero y el trasero, tenerse que levantar una hora antes de lo habitual para poder hacer todo este trabajo y asi no llegar tarde a los trabajos y a la escuela de las niñas, los inviernos parecian ser interminables y eternos, empezaban desde el mes de Noviembre y se venían acabando hasta casi el mes de Mayo, seis meses de frío, de tener que dejar el calenton de la casa día y noche, de tener que usar gruesas chamarras, botas acolchonadas y ropa gruesa; cuando llegaba por fin el tiempo de calor la gente salía de sus casas a pasear en los parques, usando ropa ligera, cómoda, algunas mujeres como es comun en un país de libertades, se daban el lujo de usar mini prendas dejando así casi al descubierto sus encantos, no dejándole nada a la imaginación.

La familia Quintana se iban al parque casi todas las tardes para sacar a sus pequeñas crías a que se distrajeran y salieran de ese aburrimiento enfermizo de estar en casa mañana, tarde y noche, las niñas necesitaban distraerse, sacar sus energias acumuladas y correr, correr y seguir corriendo, las niñas eran felices en el parque, hiendo al zoológico, visitando museos, comiendo en restaurantes, buffets, jugando dentro de los locales de comidas rápidas, pues estos cuentan con juegos para distraer a los chiquitines, llegado el verano y tanto los Quintana como las demas familias trataban de disfrutar al maximo el poco calor que tenían, ya que el verano era relativamente corto en el estado de las rocosas.

Para ese tiempo Sadrac ya habia cambiado de varios trabajos, en ese momento estaba rindiendo sus servicios para una compañía de prestigio con sueldos muy por encima de lo normal, la compañía Stewart & Stevenson que contaba también con sucursales en varios estados de la union americana, aparte de otros países como Japón, Alemania, Suecia y China, pues este ultimo país era de gran ayuda pues la mano de obra como los materiales para construccion eran de bajo valor. Sadrac desempeñaba su labor como soldador, el se encargaba al igual que otros tres de hacer las bases en donde iban sentados los motores para el petróleo o tambien le daban diferentes usos, esas plataformas eran realmente gigantescas pues entre los cuatro se tardaban casi quince días para terminar solo una plataforma. El ambiente era comodo para Sadrac a pesar de ser el unico Mexicano trabajando en ese lugar, el ingles lo empezo a masticar cada vez con mas gracia hasta que llego el momento en que se hacia entender a la perfección, aparte de lo que el ya habia aprendido por cuanta propia en los trabajos anteriores y en la calle misma, Sadrac no se cohibía en lo mas minimo para tratar de hablar ese idioma tan necesario cuando se vive en el país, eso le causaba gracia a muchos de los norteamericanos que trabajaban ahí, pero a otros no les era tan gracioso pues el sentimiento racista siempre se hacia presente de una u otra forma, incluso en una ocacion alguien se atrevio a poner un grafiti en la pared del baño de la empresa en contra de los Mexicanos, había sido mas que claro, el único Mexicano en trabajar para los Stewart era Sadrac. La reacción no se hizo esperar, el encargado de poner el orden en esa compañía junto a todos los trabajadores en una junta el lunes por la mañana a primera hora todos tenian que estar ahí en ese meeting, como se dice en ingles.

---Los he reunido aquí esta mañana para hablarles de un tema que me imagino ya la mayoria conoce de antemano, se trata de un penoso insidente que pone al descubierto los mas bajos instintos de algunas personas en esta compañía, alguien se atrevio a poner un letrero en la pared del baño ofendiendo asi a nuestro compañero Sadrac, debo recordarles que esta empresa no discrimina ni color, ni religión, ni sexo, ni idioma, así es que la proxima vez que se repita un insidente parecido me vere obligado a…---El señor Chris Reed pauso por un momento para poderle dar asi un pequeño sorbito a su taza de café, después de eso se les quedo fijamente mirando a unos cuantos para serciorarse de que sus palabras estuvieran surtiendo el efecto que el deseaba.

---Les decía, la próxima vez que se repita lo mismo tendre que llamar a la policia para que ellos hagan las averiguaciones que consideren pertinentes y se castigue al acusado o acusados, esta no es su casa para que pinten en las paredes, se supone que somos gente adulta, hombres con la madurez suficiente para estar con estas mamadas.---Al terminar tan efusivo discurso varios de los que estaban presentes se pararon de sus asientos para aplaudirle y tambien aprovechar a ver si les daba un aumentito de sueldo. La mayoría salió con el rabo entre las patas, algunos más se estaban riendo y otros tantos más se concretaron solo a callar y regresar ordenadamente a su lugar de trabajo.

Fue la primera vez y la ultima que se sutito un problema de esa índole, las cosas siguieron su marcha y los días avanzaban como es de costumbre, de lunes a viernes. Pronto el tiempo se fue pasando y Sadrac cumplio su primer año trabajando para Stewart & Stevenson, se celebro una cena para festejar un aniversario mas de la empresa, a Sadrac se le regalo una pluma de plata con el escudo de la compañía, al siguiente año se le regalo una chaqueta de cuero con el nombre de la empresa en la espalda, así pasaron los años y el tiempo hasta que Sadrac por primera vez desde que habia pisado tierras norteamericanas cumplio cuatro años trabajando para la misma compañía, ni el mismo lo podia creer, desgraciadamente las cosas no son eternas y hubo un cambio de direccion y al señor Chris Reed lo mandaron a Houston, TX., con un cargo muy superior al que tenia en la ciudad de Denver, el nuevo jefe de personal se veia un tipo seco y antipático, con cara de pocos amigos, sin experiencia alguna empezo a hacer y deshacer y a los seis meses la empresa habia tenido perdidas millonarias, como es logico pensar, lo despidieron de inmediato, pero Stewart & Stevenson no se pudo recuperar de tanta baja y se vieron obligados a cerrar la sucursal de Denver.

Se les dio la oportunidad para los que desearan si querian trabajar en otro estado del país, fueron muy pocos los que aceptaron ese ofrecimiento, algunos se trasladaron a Houston, a Detroit, a san Antonio y a Miami que eran los lugares en donde ocupaban trabajadores, Sadrac decidió buscar otro trabajo y seguir radicando en la misma ciudad.

* * * * * * *

Una vez mas la mala racha bofeteaba a Sadrac y a su familia, el cierre de la compañía había truncado los sueños de Sadrac que de alguna manera se sentia confiado a durar vario tiempo trabajando para Stewart & Stevenson, empezó a poner aplicaciones de trabajo en diferentes partes, algunas de estas lo llamaban pero los sueldos que pagaban eran realmente pobres, una verdadera miseria en comparación para lo que el ganaba, casi cinco dólares de diferencia, no le quedo de otra mas que tomar el puesto, su trabajo seria tambien de soldador, pero esta vez haciando puertas y ventanas de hierro, eran pocos los trabajadores, algunos ocho cuando mas, la mayoría eran del estado de Zacatecas, había uno de Chihuahua y dos de Michoacán. El ambiente era agradable, se llevaban algo fuerte con las bromas pero Sadrac desde un principio supo mantenerse al margen de esas bromas pues no le gustaba llevarse asi con nadie y para evitar problemas prefirió aclararles ese punto desde un principio. Ponían la estacion de radio todo el día para escuchar música grupera, corridos y todo tipo de música regional Mexicana, al principio Sadrac se le hacia divertido pues se notaba de corazón que esa música de verdad les gustaba, cantaban, bailaban, chiflaban, aullaban, reían, lloraban, hacían gestos, muecas, ademanes y toda clase de payasadas para demostrar que esa música la traian en la sangre. Era música del pueblo y para el pueblo, la música mas perrona que puede escucharse aquí en Colorado y en Mexico entero, decían, y lo aclaraban para que nadie tuviera duda alguna por esa música.

Llego el momento en que Sadrac ya no pudo resistir tanta tortura a sus oidos y decidio hablar con el supervisor para que le diera permiso de llevarse un toca cintas portátil, de esa manera todos estarian conformes y contentos, la idea fue genial, al final todos salian ganando pues la produccion se podia sacar a tiempo y sin demoras, un ejemplo mas de que la música estimula la mente y espiritu de los individuos.

Despues de una buena temporada trabajando con esa pequeña compañía Sadrac decidio renunciar pues el trabajo era mucho y el dinero poco; no le querian dar ningun aumento de salario y tomo la determinación de ya no trabajar mas para ellos, aparte su vista se empezaba a devilitar debido a estar soldando por tanto tiempo, decidió cambiar de oficio, algo diferente, algo que le gustara y nunca hubiera hecho, fue cuando alguien le sugirió la idea de trabajar como oficial de seguridad, era un trabajo limpio, no tan mal pagado y facil de hacer. Sadrac se fue inmediatamente a buscar la dichosa oficina para aplicar como sucurity guard. A la semana de haber metido la aplicación ya tenia una llamada para entrevistarlo al día siguiente, todo salio a pedir de boca, trabajaría para un hospital por las tardes, de 4:00 pm hasta la media noche, su trabajo consistia en vigilar el hospital, cerrar las puertas cuando todos salieran en las clinicas y cositas sencillas como escoltar a los trabajadores hasta sus coches, sacar borrachines y ponerse a platicar con las enfermeras cuando todo estuviera bajo control. El sueldo no era la gran cosa pero tampoco estaba mal del todo, aparte algunas veces doblaba turno cuando alguno de sus compañeros no podia ir a trabajar y eso era como tiempo extra para el, el año se paso rapidamente y Sadrac se sentia como pez en el agua dentro de ese trabajo, ya para entonces usaba pistola y esposas para apantallar mas y la cosa se viera aun mas en serio, nunca las uso, ni las esposas, ni el arma, era un revolver treinta y ocho de mazorca. Sadrac practicaba el tiro cada viernes pues según el, la compañía se lo exigía, tenia que estar listo y preparado para lo que fuera, incluso hasta dar su vida, pues ese era su trabajo y el como hombre responsable tenia que cumplir con su deber, lo cierto es que cuando algo realmente grave pasaba dentro del hospital, la policia estaba lista para actuar dejando asi en clara evidencia de los guardias del edificio no estaban lo suficientemente preparados para un problema mayor, solo para insidentes sin tanta importancia como calmar a pacientes neurasténicos, sacar del hospital vagabundos que quisieran usar las instalaciones como dormitorios, especialmente mas en tiempo de invierno, ya que en verano se duermen en donde les da la gana, apaciguar visitantes desesperados que tenian mas de seis horas en las salas de espera, niños que estuvieran corriendo por los pasillos y asegurandose de que las batas que usaban los enfermos estuvieran perfectamente bien puestas a la hora de que estos salieran a fumarse un cigarrito a las afueras del hospital, pues en varias ocaciones se les habrian por la parte trasera y estos iban enseñando las nalgas sin darse cuenta.

Un día de esos Sadrac le ayudo a una enfermera a interpretarle a un paciente, lo hizo tan bien y profesional que esta lo recomendo para trabajar como traductor en el mismo hospital, se le hizo la entrevista y lo asignaron como interprete, ya no trabajaría mas de seguridad, así es que sin mas demora entrego su renuncia y se presento con corbata y pantalones de vestir a trabajar con sus nuevos compañeros, su jefa e incluso con un escritorio destinado para su propio uso, había algunos Mexicanos trabajando como interpretes también, una Peruana, un Boliviano, una Venezolana y la interprete Rusa que por cierto, nunca se metia con nadie, ni nadie con ella, la verdad es que era una gran ventaja el que no entendiera ni hablara español, después de ella, nadie se salvaba pues las lenguas hablaban de todos, chismes, criticas, mentiras, toda clase de blasfemias e inventos existian en un hambiente en donde todos eran unos verdaderos profesionales o al menos eso era lo que trataban de demostrar de frente a los clientes.

Sadrac tratato de separarse de toda esa red de maquiavelicas patrañas y dedicarse a trabajar, pues su trabajo de verdad lo disfrutaba, se sentía comodo y sobre todo útil, cada día aprendia cosas nuevas y eso le interesaba, prefería relacionarse con enfermeras y doctores que con sus mismos compañeros, solo con unos cuantos se llevaba bien, Sadrac trataba de ser lo mas eficiente que podía, a cualquier parte que le llamaran corria para dar sus servicios, todo el personal del hospital fue conociendo poco a poco a Sadrac Quintana, a muchos les simpatizaba, a otros les era indiferente, Sadrac se trataba de abrir camino por su propia cuanta, trabajo en la clinica de cirugía, en la clinica para niños, en la de oidos y garganta, en infecciones venéreas, pocas fueron las clinicas que no lo conocian hasta que al final y debido a su tenacidad para el trabajo, el departamento de emergencias pidio sus servicios, necesitaban a alguien rápido, eficiente, con valor, listo para actuar, Sadrac llenaba con todas esas cualidades y sin pensarlo dos veces lo mandaron a trabajar al departamento de emergencias.

Al principio como es lo normal, Sadrac se sentia nervioso, se intimidaba con los primeros casos de veía, dedos amputados, clavos encajados en las piernas por trabajadores de contruccion que accidentalmente se los metian en la carne con las pistolas de aire, gente con huesos de fuera a consecuencia de accidentes de auto, acuchillados, gente con eridas de bala, gente con la nariz fracturada por pleitos callejeros, semi ahogados, infartos al corazón, derrames cerebrales, gente tratándose de quitar la vida, quemados y la lista era larga. Sadrac se acostumbro a ver de todo, para el, el ver sangre ya era el pan de cada día, se acostumbro a todo, desde los casos mas escalofriantes hasta los mas chuscos y divertidos. Recuerda en una ocasión cuando fue un tipo y le dijo a la enfermera que se sentía morir, la enfermera con rapidez le instalo lo necesario para revisarle la presión, a la vez que le escuchaba los pulmones y el corazón con el estetoscopio, empezó a hacer preguntas, la interrogación rutinaria cuando alguien va a solicitar ayuda; el hombre no tenia nada, solo un fuerte dolor de cabeza que lo mataba lenta y paulatinamente, después de un buen transcurso de tiempo, el resultado salio a la luz, el moribundo paciente sentía morir pues una noche anterior se había puesto una borrachera marca diablos y la cruda hacia estragos en el. Ese tipo de anécdotas chuscos eran los que Sadrac más recordaba con agrado.

Dentro de ese lugar, las horas se pasaban volando, lo llamaban a interpretar de un cuarto, de otro, lo llamaban para radiología, para pediatría, de nuevo al ER o sala de emergencias como se le abrevia en ingles, Sadrac se sentia util en ese trabajo, ayudaba al projimo lo mas que podía, se empezó a compenetrar mas y mas con el dolor ajeno, veía claramente como lloraba un hombre de raza blanca al igual que un Mexicano o uno de color, un asiático, no importaba de donde fuera el paciente, los sentimientos, el dolor, el sufrimiento, la angustia, las penas, muchas veces la rabia de ver a un ser humano morir y sentirse atado de manos al no poder hacer nada, la frustración y la desesperación se sentir y ver el dolor ajeno. De cualquier forma Sadrac se sentia útil, de valor al poner un granito de arena para ayudar a sus semejantes, a que entendieran a cabalidad lo que estaba pasando.

La vida transcurria de forma rapida y precisa dentro de la vida norteamericana que estaba experimentando el joven Sadrac, poco a poco le empezaba a gustar su rutina, por primera vez disfrutaba un trabajo a cavalidad completa, incluso se compro una bicicleta de montaña para asi hacer ejercicio y tambien bajar esas libritas extras que le empezaban a dar molestias y hacerlo sertir incomodo. Sadrac ya era famoso en todo el hospital y querido por la mayoria de todos, pues su labor era impecable y valiosa.

Siempre el vivir cerca de gente de su misma nacionalidad es una espada de dos filos, por una parte es agradable pues esta uno cerca de su gente, hablando el mismo idioma, misma cultura, muchas cosas que tenemos en comun los hispanos en este país, por otro lado, mucha de la gente tambien es gente con costumbres no muy buenas, envidias, chismes, cosas por el estilo que la verdad no dan ganas de hablarle a nadie no importa que aparentemente se vean buenas personas, el dicho de caras vemos, corazón no sabemos es algo muy cierto y verdadero.

La amistad con ciertos vecinos que tenia la familia Quintana les trajo grandes desgracias como tristezas. Aparentemente las cosas iban de maravilla, se llevaban bien, comían juntos, se platicaban experiencias mutuas de antaño y llego un tiempo que las dos familias entraban y salian de ambas casas con tanta confianza que hasta parecia que era una sola familia, solo que Sadrac y Yamileth desconocían por completo los sentimientos inicuos que los Ortega Melendez se traian entre manos. La ambición por los documentos legales en los Estados Unidos hace que mucha gente haga locuras, piense en todo, haga de todo y diga de todo, muchos ven tales documentos como si fuera lo mas presiado en esta vida, cuando realmente lo mas presiado es la vida misma, y esa la tenemos a diario y sin costarnos nada, solo que muchas veces nunca la valoramos, vivimos mecánicamente, dormimos mecánicamente, comemos, defecamos, hacemos, deshacemos,

Fornicamos, nos amamos, odiamos y al final de una larga vida, según nosotros, morimos para asi dejarle un mundo más y más jodido a las nuevas generaciones que vienen con sus nuevas modas y lo siguen echando a perder. La violencia, la delincuencia y tanta maldad.

Los Ortega como muchos indocumentados en el país del norte tenían hambre de tener papeles, su green card. De forma bastante inteligente y sutilmente se les fueron metiendo a los Quintana como las viboras se meten en las madrigueras, sin que la victima se de cuenta, de forma cautelosa y poco a poco, arrastrándose, escondiéndose, esperando esa oportunidad para al final tirar la mordida asesina. La tactica que usaron fue la misma que usa mucha gente de forma cobarde y vil, les llevaban grandes porciones de comida, pozole, menudo, caldos, carnes, de todo, hasta parecía que los tenian en engorda, las mil atenciones para ellos, pero lo que Sadrac y Yamileth ignoraban completamente que dentro de esos deliciosos y suculentos platillos iba la pose secreta para que ellos se atontaran e hicieran lo que Ermelinda Ortega quisiera, si, difícil de creer pero detrás de esa cara amable y jovial, había una mujer perversa y despiadada, traicionera y ambiciosa, ruin y perversa. Por medio de la brujería, que es muy común dentro de las familias Mexicanas, lenta y paulatinamente van consiguiendo lo que desean, incluso hasta matar a sus supuestos enemigos, y no solo en México, sino en el mundo entero.

La intencion de estos no era tal, solo querían que Sadrac y Yamileth se divorciaran de comun acuerdo para que este se casara con una de las hijas de Ermelinda, la mayor de sus hijas llamada Gertrudis, una joven de apariencia tranquila, educada y de buenos modales, la avidez de estas personas de grandes dimensiones, no les importaba nada, solo buscaban su propia ventaja y eso era a la forma que fuese, destruyendo si era necesario. La inexperta pareja a pesar de sus diferencias en el pasado, lo hacían de todo buen corazón sin usar la mente, no están poniendo en practica ni la logica común, ni siquiera veian el futuro con claridad, no estaban pensando en sus hijas, solo querían ayudar a esa "pobre" gente a cumplir un tan anhelado sueño, el poder arreglar documentos y asi lograr el tan valioso sueños americano, sin saber realmente que detrás de esas caretas aparentemente amigables existia la realidad, pues los Ortega les envidiaban a Sadrac y a su esposa cualquier cosa que estos tuvieran, su trabajo, su alegría, su coraje de salir adelante, su jovialidad, solo que sabian disimularlo perfectamente, estaban listos para dar el golpe perfecto, la puñalada traicionera, el gran golpe.

Sus victimas, ajenos a toda intension perversa que estos traian entre manos, se dejaban convencer de forma ilusa e inocente, aparte de que ya para ese tiempo los efectos de tanta comida con porciones mágicas y toda clase de hechizos habian hecho bien su trabajo; los tenían prácticamente en sus manos, como si se tratace de dos inocentes palomitas. Gertrudis ya se hacia con papeles en mano, sonaba, fantaseaba, deliraba, caminaba sobre nubes imaginarias de algodón, entraba y salía de su castillo imaginario, sentía que nada ni nadie le podria hacer ya nada, la urgencia de que ese par de idiotas se divorciaran lo mas pronto posible estaba casi a la vuelta de la esquina, muy pronto, mas rápido de que cantara un gallo y ella estaria legal en el país mas poderoso del mundo. Sin embargo las cosas dieron un giro que nadie se esperaba, Sadrac empezó a notar un extraño comportamiento en la madre, Ermelinda, la notaba falsa en muchas cosas, sarcástica, hipócrita, era como si algo o alguien le tratara de abrir los ojos a Sadrac, como si ese alguien le estuviera bofeteando la cara minuto a minuto, despierta tonto, es una trampa, un sexto sentido le avisaba a Sadrac del eminente peligro en que estaba tanto el como su familia, fue como si algo lo hubiese despertado del encantamiento en que se encontraba y sin pensarlo dos veces dio un rotundo no y todo se cancelo, los Ortega no lo podian creer, automáticamente se convirtieron en sus peores enemigos, ahora la guerra estaba mas que declarada, seria una contienda abierta, casi a muerte.

* * * * * * *

A los pocos días de haber terminado con el supuesto trato, lógicamente ninguno de ellos se hablaban para nada, empezaron las malas caras, las ofensas, las sacadas de lengua, los gestos y no podia faltar las señales obscenas. Después empezó la verdadera batalla por el poder y con el unico afan de terminar de una vez y para siempre con la familia Quintana, cada mañana les aparecian cosas raras en la puerta, tierra, panes cortados por la mitad, pelotas del tamaño de una bola de tenis color plateada, cajitas y en su contenido mas tierra, Sadrac y Yamileth trataban de hacer caso omiso a tales amenazas, solo que al poco tiempo empezaron a sentir los verdaderos efectos de lo que es la maldad, se empezaron a escuchar ruidos extraños en la casa, el ambiente ya no era el mismo, se respiraba intranquilidad, miedo, inseguridad, el dinero les empezaba a faltar, se les esfumaba de las manos como quien tiene agua entre sus manos, las niñas se veian tristes, deprimidas, temerosas, Sadrac maldecía una y otra vez a esa gente, a esos malditos que trataban de conseguir todo de una forma sucia, tramposa y cobarde, pensaba y se juraba a si mismo que si algo le pasara a sus hijas el acabaria con todos ellos aunque se pudriera en la cárcel de por vida, sin su familia la vida ya no tenia ningun sentido, lo tenia todo planeado, meterse a la casa de ellos con un arma en la mano y matarlos sin piedad alguna, al mismo tiempo rogaba, imploraba y suplicaba que nada malo fuera a pasar, el no era un asesino, los pensamientos negativos y la rabia combinados con la impotencia que sentia en esos momentos lo hacian pensar de forma ciega y torpe. Sadrac nunca en su vida había pensado con segarle la vida a un prójimo, incluso siempre se habia considerado un verdadero fanatico de la vida de Mahatma Gandhi, uno de los pacifistas mas famosos de este planeta, siempre había luchado y defendido los derechos humanos, protegido a los indefensos, pero todo eso ya era cosa del pasado, ahora estaba viviendo la vida real de otra manera; es cierto, anteriormente nunca se habia encontrado con gente tan ruin y baja como esta, gente que por tener una posición social, aspirar tontamente a rozarse con la burguesía, a tener puestos encumbrados, de respeto, aunque ese respeto nunca se lo ganen, esa gente no le importaba nada, solo lo material, lo simple, lo vulgar, esa maldita gente no merecía vivir en este planeta. Sadrac por primera vez empezo a sentir odio, un odio enfermizo, un odio que jamás penso sentir por nadie; las cosas iban de mal en peor, las niñas ya no querian quedarse solas en sus habitaciones, tenían miedo, decían que veian a una mujer de negro con el cabello en la cara, se ponía frente a ellas, mirándolas, fijamente, tiraban los platos de la cocina, se veían sombras, se sentían miradas, literalmente los Quintana estaban experimentendo una verdadera pesadilla en carne propia. Ya anteriormente Sadrac habia tenido una vivencia parecida, cuando sus progenitores se separaron, pero esta vez era algo diferente, ahora su obligación era el sacar a su familia de esa depresión, de ese peligro, de esa casa que se los comía; fue cuando tomo una determinación totalmente apresurada, se irían a vivir a Mexico por un tiempo, tal vez para siempre, porque no. Sadrac se agilizo lo mas que pudo, escribió su renuncia, sabia que al perder ese trabajo ya no tendria la oportunidad de conseguir otro igual, pero en esos casos la familia era primero que cualquier trabajo, que cualquier cosa.

Con todo el dolor de su corazón le decia adios al trabajo que lo habia hecho sentir bien como persona, que lo habia hecho sentir realizado por un buen tiempo, ese trabajo que hacia con amor y entrega ayudando a su gente, haciéndolo sentir útil. Se quiso despedir de mucha gente que lo habia apreciado de buena gana, pero no pudo, sentía que el maxilial inferior se le trababa, la garganta la sentia apretada y los ojos húmedos, opto por lo mas simple, salir de la oficina con la cabeza abajo, pero no de vergüenza, sino de tristeza.

Sadrac y su familia salieron como gitanos muy temprano por la mañana con su camioneta cargada de toda clase de recuerdos, las cosas que no cabian se las encargaron a un hermano de Yamileth, Sadrac llevaba dinero suficiente para emprender un negocio en México e irla pasando mientras empezaba a trabajar en alguna escuela como maestro bilingüe, parte del dinero se invirtio en hacer un carrito de hamburguesas para ponerlo a trabajar por las noches, la comida siempre deja, pues la gente siempre tiene que comer, la esperanza que el muchacho tenia era mucha, empezaba a ver la vida con optimismo, con fe, con esa confianza que siempre lo habia caracterizado. Sin perder mas el tiempo se empezo a movilizar lo mas rapido que pudo, lleno aplicaciones, las entregaba en una escuela tras otra, incluso fue hasta la SEP, la oficina que regula todas las escuelas en el estado, pidió hablar con el director o con el subdirector de la institución, se notaba que Sadrac soñaba en grande, sin nada que se lo impidiera, el joven se movia como pez en el agua dentro de lo que habia sido su antigua pecera.

Desafortunadamente las cosas muchas veces no salen como las queremos, Sadrac y su familia llegaron en temporada de vacaciones, acababan de salir cuando Sadrac estaba repartiendo las aplicaciones de trabajo, muchas eran las esperanzas, pero también largo era el tiempo que se tenia que esperar para que lo mandaran hablar de alguna de esas escuelas, el subdirector de la SEP le habia dando grandes esperanzas para entrando de la vacaciones de verano acomodarlo en alguna escuela secundaria, preparatoria o alguna institución privada. Poco a poco el dinero que llevaban para ir pasando la temporada se fue acabando, el costo del carrito para hamburguesas, el comprar la despensa para pasar las semanas y pagar el alquiler de la casa que estaban rentando. México es un país sumamente hermoso, pero si no tienes trabajo es tan amargo como un trago de tequila sin sal y limón, afortunadamente los habitantes de la republica mexicana son en su mayoría gente hospitalaria, de buen corazón, dispuestos a servir a su vecino, a su projimo.

La colección de discos que llevaba Sadrac era algo impresionante, casi dos cajas llenas de música, había toda clase de grupos, rock progresivo, en oposición, arte, electrónico , la colección de magma, de univers zero, faust, art bears, art zoyd, banco, le orme, area, iconoclasta, génesis, eran realmente pocos los grupos que faltaban en esa colección, al darse cuanta sus amigos de que Sadrac estaba de regreso en la ciudad, empezaron a ir de uno por uno para ver, escuchar, simplemente para visitarlo y darle la bienvenida. No tardo mucho en empezar a quemar discos para sus fanaticos colegas, sus viejos y antiguos camaradas. Ese negocio, aunque ilegal, pues en México esta prohibida la pirateria de música y películas, todo mundo hace de vez en cuando negocios por debajo de la meza, especialmente en México y sus países vecinos de centro america y sur america, en donde el fraude y la corrupción estan a todas horas y día con día, después de que Sadrac empezó a ver que el negocio le estaba dando buenos dividendos, la produccion de piratear música se empezo a hacer todo un habito para poder sacar dinero.

Las tortas de pierna, las gorditas, los burritos, los taquitos y toda clase de aperitivo y suculentas variedades de gastronomia azteca no faltaba en la meza de la familia Quintana, el gusto les duro relativamente poco, Yamileth nunca pudo acostumbrarse a la vida en México, sentía que si seguia viviendo ahí, se moriría de hambre, el cambio de vida era totalmente disímil, diferente, si, era muy diferente pero al menos no tenian la presion que tenian cuando vivian en la union americana, se podía respirar un aire de tranquilidad, de paz, sin tanto estrés, sin tener que convivir con gente egoísta, envidiosa, sin tener que levantarse a quitar la nieve con una temperatura de menos cero grados cada invierno, en México la vida sera mas pobre, tal vez si, pero su paz y su estilo de vida no se compara a nada, el país azteca tiene una magia que absorbe y enamora a cualquier persona que lo visita, como dice esa famosa frase de una cancion popular, como México, no hay dos.

Fueron casi tres meses los que estuvieron en Durango, esa ciudad eterna de recuerdos, de nostalgias, de sueños, de anhelos, de vivencias, pero sobre todo de reminiscencias, sus amigos, sus amores, su familia. Esos tres meses le sirvieron a Sadrac para despejarse de la rutina monotona que se vive en Estados Unidos, las grandes distancias, el estar corriendo para poder llegar a tiempo a los trabajos, todo es mecanico allá, incluso la comida es insípida, el sabor no es el mismo, las fabricas de comida almacenan grandes cantidades de alimentos que conservan mediante quimicos para que estos no se descompongan, la verdura, la fruta, las carnes, la comida rapida tiene una gran demanda en ese país en donde todo gira alrededor del dinero. Los dólares, la producción, la economía, la vida del ser humano es relativamente pobre en cuestion espiritual, pues lo material ocupa el primer lugar en la mayoria de las familias, incluso en las hispanas que poco a poco al ir transcurriendo los años y naciendo nuevas generaciones las raices se pierden, especialmente el español se olvida, por eso no es raro ver a pochos de tercera o cuarta generacion hablar solamente en ingles y burlarse del idioma español, aunque sus apeidos sean tan mexicanos como su color de piel y sus facciones no diferencien en lo absoluto de cualquier latino que venga de México, salvador, Perú, Guatemala, etc.etc.

Sadrac se revelaba inconcientemente a ese tipo de mentalidades, a esa pobre gente que presumian ser de un país, un país que no los queria y al final eran ciudadanos de la nada, pues se avergonzaban de México, pero los gringos tampoco los querían, se hacia realidad lo que aquella pelicula comica decía, (ni de aquí, ni de alla)Sadrac no queria que al pasar el tiempo su familia llegara a ser como este tipo de gente, para el era un verdadero orgullo el que sus tres presiosas hijas dominaran a la perfeccion tanto el ingles como el español, les inculcaba hablar los dos idiomas, que se sintieran orgullosas de sus raíces, de donde venían, de su cultura, de sus ancestros, las quería convertir en pequeñas intelectuales a pesar de su corta edad, que aprendieran a tocar un instrumento, hablar un tercer idioma, que tomaran muy en serio el habito de la lectura, en fin, quería que estuvieran bien preparadas para la vida, para esa lucha incesante que nunca termina hasta el día de nuestra muerte, pero que en cada logro queda esa grata satisfaccion de hacer logros por cuanta propia. Al final, nada resulto como lo habían planeado, tuvieron que regresarse.

De regreso a los Estados Unidos, llegaron a un pueblo cerca de la ciudad de Denver, CO. Llamado Grealey, CO. se hospedaron en la casa de un hermano de Yamileth, llamado Damian, la esposa de Damian era oriunda de la ciudad fronteriza de Chihuahua, ciudad Juárez, una mujer de aspecto aspero y avejentada, con cara de pocos amigos, de cualquier forma nunca es bueno juzgar a las personas sin antes conocerlas, la mujer se trato de portar a la altura como buena anfitriona, esforzándose de poner sus mejores sonrisas y sacar a relucir los buenos modales que caracterizaban su personalidad, aunque eso ella solo lo sabia pues echaba unos gritos que parecia que la estaban despellejando viva cada vez que peleaba con el buenaso de Damian,Torcuata de Molina, no podía tener mejor nombre para hacerle honra a su personalidad.

Poco a poco fue sacando a flote esos sentimientos obscuros que la caracterizaban como una verdadera villana de telenovela Mexicana, no transcurrió mucho tiempo antes de que Sadrac y su familia empezaran a comer en sus mismos platos, vasos y demas utensilios de cocina ignorando que era los propios, con un sinismo fuera de si, Torcuata les servia los alimentos en sus mismos platos haciendoles creer que no eran de ellos y que el parecido era idéntico; pero no hay peor ciego que el que no quiere ver y Damian muchas veces pecaba de ingenuo.

---Lo ha de tener bien cocido la pinche vieja esta.--- Decia Yamileth con rabia y desconfianza al ver como su hermano hacia el papel de titere ante la que era su mujer por todas las de la ley.

Lo cierto era que ya la familia Quintana estaba un tanto arta de esa situación que lo único que los detenía era la necesidad de aguantar humillaciones y malas caras. Sadrac consiguió un trabajo, por cierto muy mal pagado y muy apenas les alcanzaba para comprar sus cosas personales y comida para pasarla. Aun así trataban de juntar poco dinero para poder rentar y salirse de esa casa lo más pronto posible.

El tiempo tan esperado llego y un día la bomba estallo en mil pedasos, la confrontación de Yamileth con Torcuata no se hizo esperar y en un momento de corage y desesperación las dos mujeres se empezaron a decir de cosas, las maldiciones era lo que mas se escuchaba en esa casa y los arañazos, patadas, mordidas, codazos, cachetadas, nalgadas y demas ademanes de guerra se veian a diestra y siniestra. Fue la gota que derramo el vaso, esa misma tarde Sadrac, Yamileth y sus tres hijas salieron de esa vivienda con la cola entre las patas con todo y lo poco que pudieron salvar, pues la mayoria de sus pertenencias se las habia ya robado la malvada de Torcuata y el bueno para nada de Damian solo se puso a llorar como un chiquillo sin poder hacer nada.

Dicen que no hay mal que por bien no venga, eso lo experimentarian en carne propia los Quintana al día siguiente de que los corrieron de la casa esa en donde los hicieron ver su suerte. Una familia que estaba enterada de todas las injusticias por parte de la bruja, se apiadaron de los Quintana mientras Sadrac juntaba lo suficiente para rentar un departamento en ese pequeño pueblo que mas que ventajas eran desgracias y sufrimientos, de cualquier forma estaban presos y sin salida próxima, pues en Estados Unidos como en la mayoria del mundo el dinero es el que impera y controla la vida de los humanos, lo poco que ganaba se invertia en comprar la comida, pagar los servicios de electricidad y pagar la renta, en un par de meses Sadrac se empezo a desesperar de esa situación que no lo llevaba a ningun lado. En una ocacion en que fueron al supermercado, Sadrac que encontro con un anuncio que decia sobre clases para manejar trailers, la famosa y codiciada licencia A, mejor conocida como CDL, las clases serian por cinco semanas consecutivas de lunes a viernes con un horario de 5:00 pm hasta las 10:00 pm, no tendría que pagar ni un solo centavo al principio, todo seria hasta finalizar la escuela y lo hiria pagando con el propio trabajo, eso a Sadrac le sono como de cuento de hadas, pues era justo lo que necesitaba, sin pensarlo dos veces, al siguiente día se fue a Denver para informarse sobre las clases, salió de su trabajo a la hora acostumbrada y fue sin demora, la entrevista que tuvo con la mujer que lo atendió lo convenció mas que nunca, la desesperación que el tenia junto con las ansías de sacar a la familia adelante fueron pieza clave para que Sadrac se animara a tomar esa decisión, ya todo estaba arreglado, empezaría las clases dentro de quince días, solo necesitaba llevar su seguro social y la constancia de que vivia legalmente en ese país, de alguna u otra forma Sadrac se sentía emocionado, ilusionado, atraído hacia ese nuevo reto que lo aguardaba dentro de poco, el nunca en su vida habia manejado un camion de ese tamaño, de cualquier forma aceptaba el reto, la necesidad lo orillaba a tomar esa decisión, la desesperación por salir de ese hoyo en el que se encontraban, en todo aspecto de la palabra Sadrac se sentia aprisionado a ese pueblo al que no le veia futuro alguno.

* * * * * * *

Semana tras semana Sadrac salía de su trabajo y se iba a la ciudad de Denver para estudiar y poder sacar esa tan anciada licencia, seria su trampolín para salir de esa situación de pobreza, de ansiedad, de tristeza. La tarea no fue nada fácil, pero Sadrac estaba convencido de que valdría la pena. Cinco semanas se fueron rápido, en esas escasas semanas Sadrac aprendio lo mas basico de cómo manejar un trailer de dieciocho ruedas, como virar, como reversarse, aprendió lo basico de que hacer en un caso de emergencia, lo importante lo aprendió en la escuela, lo demás lo aprenderia con el tiempo, con la practica, en los caminos.

Sadrac ya una vez graduado de la escuela de manejo para trailers, fue directamente a la compañía de Swift transports, la paga no era mucha pero al menos mas que en donde trabajaba de soldador,se fue a viajar junto con otro chofer de procedencia Guatemalteca, su nombre era Ramiro Terrones, llevaba ya dos temporadas trabajando con esa compañía y ya se sentía todo un experto en las carreteras, se sabia atajos, velocidades en donde se escondian los policias de cada estado para infraccionar a los conductores que viajaban a alta velocidad, conocía las leyes de California en donde son sumamente extrictas para los camioneros, conocía los diferentes prostibulos de la ciudad de las Vegas y Reno Nevada en donde son las unicas ciudades del país que es permitida la prostitucion, conocía también los mejores buffets del país, pero cuando Sadrac le toco andar con el ya solo tenia una sola ruta, de Phoenix, AZ. a la ciudad de Denver, CO., la ruta era sencilla y sin muchas complicaciones, Ramiro tenia ya cinco meses con esa misma ruta y básicamente se sabia el camino como la palma de su mano, algunas veces tomaba diferente carretera pero al final era la misma, se hacia el mismo tiempo y era la misma distancia, solo lo que variaba era el paisaje.

Sadrac en un principio pensaba que el hecho de ir a Denver en forma seguida le permitiria ver a su familia seguido lo tranquilizo, no estaba inpuesto a separarse de ellas por nada, desafortunadamente no fue así, llegaban a Denver, descargaban, volvían a cargar y se iban a otro lugar, a otro estado y de alli para Phoenix una vez mas, eso a Sadrac lo molesto y lo desiluciono un poco pues no era lo que el esperaba. A los quince dias de haber esmpezado a trabajar para la Swift transport tuvo que renunciar por motivos personales, tal vez sentimentales, no soportaba la idea de trabajar fuera sin ver para nada a sus chiquillas, a esas pequeñas bandidas que se habian apoderado de su corazón y que no podia vivir sin ellas, su hija mayor, Huihtonal, estaba sumida en la tristeza desde que el se fue a viajar, a pesar de no haber durado mucho tiempo lejos de casa, la niña hacia cartitas con dibujos muy expresivos en los que demostraba su tristeza y descontento porque su papito no estaba con ellas. El dibujo expresaba dentro de lo que era el mundo para ella, un ambiente de soledad, tristeza, vacío, desconformidad, en este pintaba a la mamá, a sus dos hermanas y a ella misma, Sadrac no estaba en el dibujo, debajo de la hoja tenia unas letras que decían, ERAMOS CINCO, AHORA SOLO SOMOS CUATRO, cuando Sadrac entro a la cocina y vio esa hoja de papel pegada al refrigerador, se le llanaron los hojos de agua, su tristeza hizo que automáticamente el rostro de le cayera, el semblante de le vino abajo, comprendió que el dinero no lo era todo, sus diminutas hijitas estaban en la edad mas tierna, donde mas lo necesitaban, estaban demasiado apegadas a el, no les podia hacer eso solo por el hecho de tener un trabajo y dinero, era algo importante, es cierto, pero mas importante era el estar con ellas, buscaría un trabajo local, ya lo tenia decidido, no viajaría mas sin dejar a su familia sola.

CAPITULO

VIII

La familia Quintana se translado una vez mas a Denver para vivir en la ciudad pues había mas posibilidades de salir adelante, mas fuentes de trabajo, mas vida, mas gente, mas todo. De alguna manera la ciudad era grande y eso era lo que ellos buscaban, tanto Sadrac como Yamileth estaban impuestos a vivir en grandes urbes, tenían sus ventajas y sus desventajas, las ventajas era el trabajo, las comodidades, el tener todo cerca. Pero también tenia sus lados obscuros, la violencia, el trafico el cual cada vez se hacia mas y mas grande, la gente de ciudad eran mas malévolos, no se podia confiar casi en nadie, aun así la gente que acostumbra a vivir en los tumultos de las grandes urbes, para los Quintana era realmente complicado el adaptarse a pasar los días, el crecer en un pueblo tan pequeño en donde casi no existia la posibilidad de salir adelante, en donde para conseguir un trabajo digno tenia uno que conseguir a alguien que lo ayudara para conseguirlo.

Ya una vez instalados en la ciudad Sadrac se empezo a mover para conseguir un trabajo dentro del emporio, fue de un lugar a otro metiendo aplicaciones y hablando con gente para conseguir el sustento propio y de su familia, después de una semana de estar tratando suerte una compañía de frutas y verduras se apiado de el y le dieron el trabajo aun sin tener experiencia en los camiones, el trabajo consistia en ir a la ciudad de Alburquerque, NM. Un par de veces por semana para repartir la mercancia a diferentes tiendas y lugares en donde estos tenian contratos, el resto de los días los trabajaria dentro de Denver en un camion pequeño ocho horas al día, pero cuando le tocara ir a New Mexico serian dos días los que pasaria fuera de casa. Eso a Sadrac le pareció que era buena oportunidad y combinado a la necesidad de trabajar en algo le parecio que era lo mejor, el sueldo no lo convencio realmente pero la verdad no se sentía como para poner sus condiciones y mas aun sin la practica suficiente para exigir un sueldo mayor. El mayordomo de la compañía al ver la poca experiencia que el joven tenia con la licencia aprovecho para pagarle lo que le dio la gana, su sueldo era igual al de los demas chóferes que manejaban pequeñas trocas con la licencia regular, el acuerdo había sido que ya una vez que Sadrac tuviera la suficiente habilidad en el volante y si no tenia accidentes le daría su debido aumento que eran de tres dólares mas que a lo que le empezo.

Los días pasaron y con estos los meses y Sadrac iba y venia de la ciudad de Alburquerque e incluso mas allá, a la ciudad de las Cruzes para acarrear cebollas, papas y manzanas para llevarlas a Denver. El tan esperado aumento de sueldo nunca llego, al contrario, las exigencias del patron eran cada vez mas, ya no eran dos vueltas a la semana las que tenia que dar sino tres, eso empezó a desanimar a Sadrac y darse cuenta que solo lo estaban explotando y abusando de el, hasta que un día, después de siete meses estar trabajando para ellos, tomo la determinación de dejar el empleo y buscar otro en donde valoraran mas su esfuerzo y ganas de salir adelante.

Sadrac probó varios trabajos diferentes pero en la mayoria todo era igual, el abuso, la explotación, la compañía de los mismos trabajadores que hacian aun más difícil la labor en los lugares en donde prestaba sus servicios, su misma gente, las envidias, las malas voluntades solo por tener una licencia que lo ponia en una posicion un poco mas elevada ante los otros que solo eran trabajadores normales, lo que en ingles se le llama labores.

---Que compa, y usted ¿si trae papeles?, ¿como le hizo para sacar la licencia? Que compa, y a usted ¿cuanto le pagan?.---Era pregunta tras pregunta, lo bombardeaban con interrogatorios personales y cuestiones que a nadie le importaban solo para llenar su curiosidad y su morbo.

Sadrac tomo una vez mas la determinación de volver a la carretera, la situación en su casa era siempre la misma, los pleitos, los reclamos, el nunca tenemos nada, el deseo una casa, el necesito esto, necesito lo otro, era una pesadilla de la vida real, Sadrac busco dentro de una compañía para empezar a salir lo mas pronto posible y así olvidarse y a la vez desahogarse de tanto problema que lo estaba volviendo loco, lo asfixiaba, lo torturaba internamente y mentalmente, el estrés es como un veneno que mata a la victima lentamente y de forma cruel, te altera los nervios al punto maximo de enfermar a su victima, en esos casos la soledad y la meditacion al estar alejado de todo es en muchos casos lo mejor. Sadrac no batallo mucho en encontrar un trabajo en donde pudiera viajar y a la vez poder sustentar a su familia como es la obligación de todo padre y jefe de familia, en ese nuevo trabajo el se recuperaria poco a poco.

Empezó a viajar a diferentes partes de la union americana como al estado de Georgia, Missisipi, Tennyson, Arizona, California, Missouri, Kansas City, Alabama y a la ciudad de Chicago, se sentía comodo en ese trabajo, regresaba una vez por semana y tenia dinero para sufragar los gastos de su casa y los propios, así durante tres meses consecutivos la economia de los Quintana volvio a su lugar y hasta se daban sus pequeños lujos como el ir a buffets o restaurants de vez en cuando, podían pagar su renta a tiempo y comprar sus cambios de ropa para las niñas que crecian de forma rapida.

Al año de estar trabajando para esa compañía y estar viajando cinco días a la semana la soledad empezó a afectar a Sadrac una vez mas, las carreteras se le hacian fastidiosas, largas, muchas veces tensas, en especial en temporada de calor, los días eran placenteros, bonitos, los pajaritos se veian por montones revoloteando los aires de los campos por donde el pasaba para dirigirse de una ciudad a otra, se le venia a la mente las imágenes de sus pequeñas crías, jugando, riendo, saltando o tal vez viendo televisión, comiendo, durmiendo, muchas veces se le venian a la mente sus caritas llorando, enfermas, en esos casos Sadrac se sentía desesperado, ansioso, triste de tener que estar tan lejos para poderlas sustentar, se ponía a pensar en los peligros que habia en la carretera, en los accidentes, en la muerte. Le aterraba la idea de no volverlas a ver nunca, le entraba la melancolia y en muchos casos Sadrac no le quedaba de otra mas que llorar, al fin y al cabo nadic lo vcía, solo esa cabina y ese volante que se habian hecho ya sus aliados por tan largos meses y eran complices de sus tristezas y tambien de sus alegrías, de sus preocupaciones, de todos sus sentimientos internos.

El trabajo era realmente simple, ya para ese tiempo Sadrac se sabia las rutas al reves y al derecho, se había convertido en todo un maestro de la carretera, pues los lugares a los que iba eran siempre los mismos, aun así se deleitaba cada vez que pasaba por un estado diferente y le tocaba ver los rascacielos de alguna ciudad nueva para sus ojos, Chicago era una de las ciudades que mas le gustaba admirar pues sus edificios eran realmente impresionantes, el trafico era un caos, especialmente a la hora pico, en donde todos salen de los trabajos y los congestionamientos le quitan la paciencia a cualquiera, no se diga en la ciudad de Los Angeles en donde las largas filas de autos en los highways es una locura no importa la hora que uno pase por esa ciudad.

Después de todo el trabajo de chofer de camion no es tan del todo malo, en algunas ocaciones le tocaba ver a Sadrac una que otra chica enseñándole mas que las piernas, algunas todavía mas atrevidas le enseñaban los senos y despues de eso arrancaban el auto a toda velocidad, eso es algo que todos los que manejan camiones por carretera saben muy bien, especialmente los jóvenes, pero aun los viejos lo saben de sobra, pues esos hombres tienen historias como para hacer toda una biblioteca de cuentos reales y anecdotas de cosas que les han pasado en un estado y en otro, algunas desagradables, otras chuscas, otras cómicas y otras en donde las temperaturas del cuerpo sube al maximo.

Aun así y con tantas cosas que Sadrac estaba experimentando, el hueco que sentia por estar lejos de su familia era grande y no lo podia llenar con nada, ni con ciudades nuevas que ver, ni con mujeres calenturientas enseñándole sus encantos mientras el conducia el camion por alguna carretera del país, la soledad estaba haciendo estragos en la conducta de Sadrac, también se le venia a la mente los momentos cuando el vivio en México, recordaba a su madre, a su hermano, a su familia, recordaba una y otra vez a Dulce, a esa encantadora mujer que el había dejado en un arranque de inmadurez y confucion, el arrepentimiento se apoderaba constantemente de los sentimientos confusos de Sadrac, tal vez si el se hubiese casado con ella, no estaría pasando por todo eso, tal vez Dulce hubiera sido una mujer mas atenta, mas amorosa, cariñosa, mas mujer en toda la extensión de la palabra,muy tarde Sadrac se había dado cuenta del grave error que el había cometido,habia dejado ir a una gran mujer, a una mujer que lo había sabido amar con toda su alma, mente y corazón, la entrega de esa chiquilla no tenia comparación alguna, después de tantos años por fin Sadrac despertaba de esa hipnosis que por tanto tiempo llevaba en sus hombros, muy tarde, demasiado tarde, ya para ese tiempo Dulce era una mujer con familia, casada por todas las de la ley, Sadrac se preguntaba una y otra vez si todavía se acordaba de el, las dudas lo atormentaban una y otra vez y la cara risueña de Dulce se le venia a la mente, esa sonrisa hermosa que nunca podria olvidar.

Un día, Sadrac decidió llamarle por teléfono para saber algo de ella, lo pensó muchas veces, pero pudo mas la inquietud, la curiosidad que le quemaba por dentro y armandose de valor y valentia decidio tomar el celular y hacer la tan inesperada llamada, sentía que le cosquilleaban las manos, la cara le sudaba y el cuerpo le temblaba, los nervios lo estaban traicionando, aun así marco a ese numero inolvidable que por años y años había mantenido en su mente como la misma fecha de su cumpleaños, los dedos le temblaban y la voz se le cortaba, simplemente no sabia que decir al contestar alguien el teléfono. Se hacia mil preguntas al mismo tiempo, aun así, lo hecho, hecho estaba, se armo de valor y tomando el auricular marco uno a uno cada numero que lo comunicaria con la mujer a la que nunca habia dejado de amar, internamente, inconcientemente, ni el sabia a ciencia cierta por que le pasaba eso, tal vez la soledad que sentía, la indiferencia de su mujer, la frialdad al amar, en como lo trataba, en como lo besaba, en todo.

---Bueno.

---B… bueno, disculpe, ¿esta Dulce?.

---¿Si, quien la busca?

---Un amigo.

---¿Un amigo? ¿Que amigo?

---Un amigo de tiempo atrás---Sadrac sudaba helado al estar contestando las preguntas que esa persona le hacia con tanta curiosidad. Se escucho una risita un tanto traviesa y despues de eso una carcajada, Sadrac sentía que la tierra se habria para comerselo con todo y camion.

---Soy yo tontito.---Sadrac sintio un alivio tremendo al escuchar y reconocer la voz de su antiguo amor.

La charla fue larga y amena, se recordaron tiempos,lugares, sucesos, amigos, besos y cosas mas intimas que tanto ella como el darian lo que fuese por volver a vivir una vez mas, era mas que obvio, Dulce no era feliz con su esposo, al parecer se había casado con el solo por despecho al saber que Sadrac ya se habia matrimoniado en los Estados Unidos, fue tanto su dolor y su pena que por puritito ardor le hizo caso al primer galan que le salio al paso y con ese mismo se hecho la soga al cuello, las consecuencias fueron catastroficas pues ya una vez que desperto de su insomnio, se dio cuenta de su grave falta, error y estupidez.

Las llamadas telefonicas continuaron semana tras semana y cada vez que habia oportunidad de hacerlo, tanto uno como el otro contaban las horas y hasta los minutos para poder palabrear por ese artefacto magico llamado teléfono en donde las distancias se acortaban y podian susurrance palabras, frases, oraciones y verbos de manera grata y complaciente, los caminos por donde Sadrac se movia se hacian cortos, la batería de su celular constantemente se tenia que estar recargando pues las platicas duraban horas.

Después de un tiempo esas conversaciones fueron menguando poco a poco hasta que Sadrac tomo la determinación de renunciar definitivamente a ese trabajo de viajar de un lado a otro y nunca poder ver a su familia, apartir de ese momento no volvio a saber mas de Dulce, un lejano rumor de que habia tenido mas familia con su esposo le llego a Sadrac cuando menos lo esperaba, esa noticia le dejo a Sadrac en claro que ya no podria jamás regresar el tiempo y volver a saborear aquellos momentos en los cuales la felicidad era su mas sincera amiga, la dicha se le escapaba de sus manos una vez mas y esta vez tal vez para siempre, él había querido a Dulce y por ese mismo amor no seria capaz de destruir su "felicidad", al fin y al cabo quien era el para desintegrar una familia, se resignaría a recordarla solo con la memoria, con el recuerdo, con la nostalgia y besar su fantasma por siempre.

Después de esa noticia Sadrac cayo en una depresión que lo llevo a islarse por un par de semanas sin querer saber nada de nadie ni de nada, Sadrac Quintana lloro a su amada Dulce para siempre como si ella hubiese muerto literalmente, al menos en el interior de el.

* * * * * * *

De nuevo Sadrac trato de aferrarse a lo que sentia era lo de el, su familia, empezó a buscar un trabajo local y de forma sorprendente al siguiente día de haber dejado su ultimo empleo encontro uno local, de construcción, consistía en manejar un trailer llevando material de un lugar a otro por lo que es la temporada de verano solamente, en tiempo de invierno podria pedir ayuda al gobierno como desempleado y este le mandaria un cheque cada quince días para que cubriera sus gastos familiares, renta, electricidad, comida, etc., ese nuevo menester le devolvio la motivación a Sadrac y las ganas de seguir con los animos arriba, estaría cerca de sus hijas, en casa y sin tener que estarse arriesgando por ciudades que el no conocía.

La vida de los Quintana seguia su rumbo al igual que las de los millones de ciudadanos de los Estados Unidos, trabajando para vivir y viviendo para trabajar, el oficio era simple, un poco fastidioso pues algunos dias podrian trabajar hasta doce o trece horas consecutivas y estar listos para al siguiente día hacer lo mismo y con la misma acumulación de horas, aun así, Sadrac se sentia bien trabajar para esa nueva compañía, que por cierto se llamaba MCA, que significa, Mexican Construction Asociation.

El primer año se paso volando y Sadrac tenia toda la confianza, se sentía seguro, sabia que el trabajo no le fallaria y logicamente el alquiler de su vivienda y con este los pagos mesuales estarian seguros también, aprovechando la buena racha que estaba teniendo, Sadrac también le daba oportunidad a seguir engordando su colección de música que no podia fallar cada semana,encargaba uno o dos discos compactos, el vicio por la música siempre habia estado con el y lo seguia como perro fiel, su amplia reunion de grupos lo llevaba tal vez a ser uno de los coleccionistas mas importantes de la union americana, contaba ya con siete mil discos compactos con bandas de toda clase, empezando desde los Beatles y terminando con toda la discografia del grupo magma, aparte de los CDS de cada integrante, Sadrac tenia reservado un cuarto especial en su casa en donde los tenia impresionantemente ordenados por pais de origen, así, los grupos de rock Mexicano tenian su propia sección, después los de Holanda, Suecia, Japón, Inglaterra, Alemania, Japón y asi respectivamente, también los grupos de Rock en oposicion tenian su propia seccion aparte de los de rock progresivo y por ultimo tambien contaba con un pequeño rincón para grupos de heavy metal, esos si los tenia un poco mas reburujados y descuidados pues se mezclaban grupos de varias corrientes de metal. A eso el no le importaba tanto pues ese tipo de música muy pocas veces la escuchaba.

Sadrac era un verdadero fanatico de la música rock desde la temprana edad de su niñez, ahora de adulto ese fanatismo era aun mas notable, verdaderamente tenia una gran fortuna en tanto cd, música que el día de mañana se tiraria o se regalaría o peor aun, se malbaratаría cuando el ya no estuviera mas, Sadrac lo sabia, pero no le importaba, el quería disfrutar de su unico pasatiempo, de ese vicio que lo hacia llorar, reír, pensar, meditar, soñar y hasta dormir, con la música el olvidaba sus problemas, sus frustraciones, sus congojas, la música era la droga que lo hacia viajar al pasado y volver a revivir esos viejos años que habia dejado atrás y nunca mas los volveria a vivir, esos días, esos tiempos gloriosos en donde el caminaba de la mano lado a lado de la libertad, de la dicha, del amor.

Su vida ahora habia cambiado enormemente, radicalmente, las obligaciones y la responsabilidad por sacar a su familia adelante lo mantenian con la mente ocupada a ver el mañana con optimismo y no dejarse vencer, a pesar de la actitud muchas veces negativa de su esposa, que lejos de apoyarlo lo entorpecía con sus planes y su autoestima se la tenia por los suelos, pero Sadrac no se dejaba tumbar tan fácilmente, recordaba siempre un hermoso pensamiento que leyo en una ocacion cuando fue a la biblioteca de Denver de un celebre hombre llamado Albert Einstein,(GRANDES ESPIRITUS SIEMPRE HAN TENIDO CONTIENDAS VIOLENTAS CON MENTES MEDIOCRES) ese pensamiento se le quedo grabado en la mente a Sadrac por siempre, sabía que un futuro su lucha no seria en vano, el trabajar para su familia, después porque no, estudiar para superarse, alcanzar sus propias metas para veneficio propio y de los suyos, si, empezaría con volver a la escuela, claro que lo haría. A sus treita y tantos años de vida Sadrac estaba resuelto y mas que convencido a superarse para beneficio propio y asi ser un ejemplo para sus hijas para que estas siguieran la escuela y lucharan siempre por sus ideales.

Los planes de ir a la escuela se le truncaron al joven padre de forma momentánea, el trabajo era demaciado y el tiempo libre para poder asistir a la educación era relativamente poco, Yamileth esta mas que convencida a que ella ya no trabajaría, al fin y al cabo para eso se habia ella casado,para que la mantuvieran, la carga para Sadrac era mucha, no contaba con ningun tipo de apoyo moral ni económico por parte de su cónyuge que constantemente se quejaba de forma amarga e inconciente de vivir en la pobreza y nunca tener nada, aunque ella no fuera capaz de mover un solo dedo para mejorar esa situación, aun así, Sadrac muchas veces hacia de tripas corazón y aguantaba pues veia a sus pequeñas niñas como el estimulo para soportar cualquier desgracia, así el día de mañana nadie le podria hechar en cara que el fue un mal padre, de cualquier forma los hijos se van y pocos son los que valoran los verdaderos sacrificios que hacen los projenitores por sus crías, Sadrac lo sabia, pero eso a el no le importaba en lo absoluto, el vivía solo el presente para ellas y planeaba el futuro para ellas, sus hijas lo eran todo, su mundo, su vida entera.

De alguna manera el tiempo y los años conviviendo con Yamileth le habia enseñado que se habia equivocado y el error habia sido fatal, los hechos le decian claramente que ella se habia casado con el por motivos que tal vez el nunca iba a saber, por cualquier cosa menos por amor, Sadrac inconcientemente deseaba ser amado, lo necesitaba, lo gritaba de forma silenciosa, soñaba con una mujer atenta, cariñosa, respetuosa y buena amante, que le hablara al oido palabras sucias, palabras tiernas, palabras de amor, necesitaba una mujer que le diera libertad, que confiara en el, con Yamileth era todo lo contrario, muchas veces se llego a sentir como un perro al que se le pone el collar y solo se le suelta la correa poco a poco pero nunca sin desamarrarse por completo, Yamileth era una mujer posesiva, controladora, celosa, pocas veces tenia atenciones con el demostrandole verdadero afecto y amor, algunas veces daba la impresión de ser la mejor esposa, la que cualquier hombre pudiera desear, otras veces su comportamiento era agresivo y la casa se convertia en un verdadero infierno cuando ella estaba malhumorada, quien lo fuera a decir, Sadrac, el joven que aquel que le sobraba libertad, espacio, tiempo, ahora se había esclavisado a un sistema monotono y rigido de vida del que no tan fácilmente podria escapar, su vida simplemente habia cambiado.

Al año y medio de estar trabajando para la compania de contracción, la MCA, Sadrac conocio de forma accidentada y un tanto chusca a una joven empleada de la misma corporación, ya anteriormente Sadrac la había visto pero nunca le puso la atencion necesaria, a simple vista era una muchacha simpatica y bonita, pero demasiado seria, nunca volteaba a ver a nadie, se veía claramente que solo se dedicaba a hacer su trabajo y nada. Un día la pequeña pipa de agua con la que ella trabajaba se descompuso y la mandaron en el trailer de Sadrac para que esta recogiera su auto personal pues no habia nadie quien la pudiera llevar en ese momento, en el camino la platica fue amena, agradable y la actitud de ella fue cordial y hasta chistosa, Sadrac en esa media hora que duro la travecia sintio algo diferente, se sintió atrahido por primera vista ante esa mujer que parecia que lo habia hechizado en cuestion de minutos, tal vez fueron sus ojos color verde claro o su cabello negro asabache o tal vez la tez de su piel morena clara, ni Sadrac supo a ciencia cierta que fue,pero despues de esa platica Sadrac quiso seguir hablando con ella, su nombre, Melissa de lara, una mujer joven pero lo suficientemente vivida para saber como conquistar a un hombre y muy lista para entretenerlo con sus encantos y tonos de voces suaves y melosos.

Poco a poco y sin que el joven se diera cuenta fue cayendo como palomilla en la telaraña imaginaria que Melissa le ponia de forma tal vez inconciente o conciente para que este se enredara mas y mas a sus encantos de mujer. Las damas no son tontas y saben cuando un hombre las pretende y Melissa no era la excepción, sabia que Sadrac se derretia por ella, lo sentía, lo podía hasta oler cuando hablaba, era toda dulzura, considerado, caballeroso, la actitud que todo hombre toma cuando quiere que una mujer se fije en el, las atenciones, los regalitos, las palabras bonitas para alagar a la dama, después el querer agarrarle solo un pedasito de su piel tersa, admirarle su rostro, sus ojos, sus curvas, su cuerpo, volverse loco por alguien, Sadrac se estaba enamorando como un verdadero tonto por esa mujer que lo tenia embrujado, el timbre de su voz le parecia a sus oidos el mas hermoso, cuando la veia de lejos suspiraba por esa mujer que sin motivo aparente le habia dado motivos para ese enamoramiento, pero que de forma inteligente y bastante sutil lo habia hecho. Oh las mujeres, la creación mas hermosa que pudo haber hecho Dios para el hombre, y ahí estaba, Sadrac adormecido por la magia del sexo opuesto, se sentía con quince años menos, como cuando se habia enamorado de Virginia o como cuando pasaba sus mejores momentos al lado de Dulce, se sentía como un adolecente enamorado y calenturiento que se encapricha de la primera jovencita y cree que es el amor de su vida y el unico.

Afortunadamente los dos aunque trabajaban para la misma empresa hacia trabajos diferentes y pocas veces se miraban, pero Sadrac buscaba la forma de verla,de hablarle,de escucharla; ella por su parte trataba de mostrarse indiferente, como si el no le importará, pero a la vez cuando sentia que Sadrac se alejaba un poco lo volvia a jalar hablandole y sacandole platica, cuando eso pasaba Sadrac sentia que el corazón se le salía, se emocionaba, se alegraba y entonces veia la vida de diferente color, de alguna manera Melissa le estaba dando nuevos motivos a Sadrac para ver la vida desde diferente ángulo, Sadrac se estaba dando cuenta que aun estaba con vida, ella lo hacia sentir vivo una vez mas. Sadrac le hablo sin pelos en la lengua y de forma brusca y sincera le revelo sus sentimientos, ella sin trabas ni miramientos le puso las cosas en claro haciendole ver que el era un hombre casado y ella jamás lo tomaria en cuenta como futuro pretendiente, Melissa era una mujer demasiado digna para revajarse a un acto tan vil y vulgar de handar con un hombre emparejado, eso iba en contra de sus principios y moral civil. Sadrac lo sabia pues ella varias veces se lo hizo saber de diferentes maneras, sin embargo entre mas lo rechazaba, mas se aferraba el a ella, como si a Sadrac le gustara la mala vida o lo tratasen mal fuera su forma de gozar, era obvio que su dignidad la tenia por los suelos, dignidad que Yamileth se había encargado de pisotearle una y otra vez cuando peleaban o discutian por insignificancias o problemillas sin importancia. Melissa sin embargo tenia tacto para aclararle las cosas, tenia educación, forma para hablar, aunque algunas veces era algo cortante y grosera, aun así Sadrac la veia como una verdadera diva, Cupido había atinado una vez mas un golpe certero en el corazón de Sadrac, de ella admiraba todo, su cabello, su rostro, su boca, sus manos, sus caderas, sus pechos frondosos y tentadores, su voz suave y tierna que cada vez que hablaba enloquecia al joven, Melissa de lara se convirtió en el amor platonico de Sadrac, la joven musa que lo inspiraria a escribir nuevo poemas, a soñar despierto, a despertar con el ancia de verla un día y otro y todos los que fueran.

De cualquier forma la vida de Sadrac continúo exactamente como siempre, su trabajo, su rutina, su vida, sus problemas, sus tristezas, sus ansias, su dolor. De alguna u otra forma Sadrac se puso una concha protectora para resentir las presiones y el estrés de la vida que estaba llevando,algo asi como autoprotegerse a si mismo, Sadrac era un ser patetico e infeliz, su música, el escribir poesías y sacrificar la felicidad propia por las de sus hijas lo habían convertido en un hombre sin verdaderas iluciones o metas en la vida, pero dentro de el estaba el guerrero de triunfar, de demostrarle a todos, a sus hijas y sobre todo a si mismo que el podía, en México el había sido un verdadero triunfador, un joven con metas y aspiraciones, un joven en el que no cabia la palabra (no puedo) el darse por vencido no estaba en su vocabulario, el podía, solo era cuestión de coraje, de tiempo, de entrega, de creer en el mismo, Yamileth no lo apoyaba en nada, solo para pisotearlo y hacerlo sentir como un inútil, aunque la inútil fuera ella.

* * * * * * *

Sadrac siguió trabajando para la compania MCA por mucho tiempo, se conformaba con ver a su amada Melissa aunque sea de lejos, el hecho de que ella fuera un amor imposible no significaba que no pudiera sonar con su amor, le gustaba admirarla de lejos, de cerca, cuando caminaba, cuando reía, cuando la veia molesta por algo, Melissa era su inspiración.

El trabajo mantenia absorto y ocupado a Sadrac gran parte del día, así se distraia pensando en cosas positivas en vez de estar siempre de mal humor o triste. Un día alguien llamo a su teléfono celular y al contestar el auricular se llevo una sorpresa colosal.

---Hello.

---Hola, ¿como estas?.---Se trataba de una voz masculina, Sadrac trato de reconocer la voz pero los nervios y la confucion se apoderaron de el como mosca dentro de la telaraña, no estaba seguro pero esa voz le era demaciado familiar, Sadrac empezó a sudar helado y a la vez se ponia rojo y pálido, si, era la voz de su padre, Tonatiuh le estaba haciendo una llamada, tenia muchos años que no lo escuchaba, de alguna manera la imagen paterna había quedado en el olvido y en la neblina de la mente, el recuerdo de Tonathiu le trajo a Sadrac un sinfín de nostalgias, empezó a recordar cuando de niño jugaban juntos al baloncesto, al futbol soccer dentro de la pequeña sala en donde vivían, cuando jugando un día luchas en la cama Sadrac se corto con un vidrio de la ventana de la habitación y su padre lo llevo corriendo a la cruz roja para que le cocieran la herida, cuando su padre tomaba su cerveza mientras gustaba de ver las peleas de box los sabados por la noche, pero también se le vinieron los recuerdos tristes y amargos, cuando los dejo por otra mujer, cuando se le veia feliz y radiante por las calles y dentro de la casa era un verdadero ogro, cuando muchas veces no tenia dinero para ellos y para sus amantes era un verdadero derroche de regalos; la voz de Tonathiu se escuchaba seria y lejana, como si el tambien dudara en hablar con el,pero si se había animado a hablar era porque realmente lo deseaba, algo grave tal vez estuviera pasando para que a esas alturas de su vida hubiese decidido llamarlo, las intrigas y las dudas empezaron a invadir la mente de Sadrac una tras otra como proyectiles lanzados de forma despiadada contra el enemigo, muchos recuerdos, esos segundos que Sadrac sujetaba el auricular en sus manos le parecieron eternos. Al fin se decidió a charlar un poco con su padre y tratar de limar asperezas, de cualquier forma el no podia ser grosero y mucho menos con su progenitor, la conversación fue larga y se hablo un poco de todo, del pasado, del presente, se hicieron preguntas, se contestaban dudas, se hacían reproches, reinaba el silencio por segundos, todo eso pasaba en una tarde calurosa del mes de Junio, la brisa muy apenas acariciaba el rostro de Sadrac y las gotas de sudor de apoderaban de su cara cubriendolo y haciendo la situación aun mas tensa, el calor no le importaba a Sadrac, esa llamada lo habia puesto inquieto y a pesar de durar vario tiempo hablando para el fue cosa rápida, el tiempo fue lo de menos.

Después de esa llamada Tonathiu trato de llamar a su hijo de forma mas seguida, al principio una vez por semana, después fueron dos y asi de manera paulatina las llamadas fueron aumentando hasta que llego el tiempo en que le hablaba casi todos los días, de esa manera Tonathiu se fue ganando la confianza de Sadrac hasta el punto de hacerlo su mejor amigo, le platicaba sus problemas, sus aventuras en el trabajo, le pedía concejos, todo lo que hace un verdadero padre por un hijo, de alguna manera queria recuperar todo el tiempo perdido y ganarlo lo mas pronto posible, el tiempo era oro para Tonathiu pues los años y la soledad le habian dado una verdadera lección, ahora viejo y arrepentido buscaba a los que habian sido su verdadera familia, a los que habia abandonado por culpa de faldas temporales y esque pocos sabian que Tonathiu estaba solo y enfermo, el doctor le habia diactosticado cancer pulmonar debido al fumar por tanto tiempo,su enfermedad era terminal, los pulmones los tenia realmente desechos debido al tabaco, pero Tonatiuh no le comento nada de eso a su hijo, meses mas tarde un compañero de trabajo de la fabrica en donde el trabajaba se comunico con Sadrac a escondidas, le dijo sin pelos en la lengua que su padre estaba en estado critico y que urgia que estuviera con el, esta noticia le callo como agua helada a Sadrac Quintana pues el nunca se imaginaba un informe de esa magnitud, no pudo evitar llorar por su padre, se encerró en su cuarto y lloro en silencio recordando una y otra vez los momentos en que juntos convivian y jugaban cuando el era apenas un chiquillo, aun cuando Sadrac atravesaba la difícil etapa de la pubertad ahí estuvo Tonathiu para guiarlo y corregirlo, su padre había cometido un error, si, pero quien era el para juzgarlo, en realidad los hijos muchas veces saben tan poco de los problemas de los padres, Sadrac sabia que tenia que hacer algo, pronto, en ese momento nada se le venia a la mente, solo recordarlo como el mejor padre aun y con sus defectos, el decirle la noticia a su cónyuge no serviria de mucho, Yamileth era apatica a todo lo que tenia que ver con la familia de su esposo, si se morian todos tal vez seria mejor para ella, de cualquier forma el tenia que ir a reunirse con su padre, volaría sin demora a la ciudad de Boston, esa ciudad que por tanto tiempo el quiso conocer pues ahí se celebra cada año un festival de rock progresivo e incluso han ido exponentes de la talla de magma, le orme, banco, ange y muchos otros de diferentes partes del mundo, al fin conoceria la ciudad de Boston pero no como el hubiese deseado, sino de forma inesperada y triste, también tendría que ver si le daban permiso en su trabajo, pero de cualquier forma si no lo dejaban estaba decidido a renunciar para ir con su padre, hablaría también con Melissa, su amor platónico, esa muchachita que lo hacia soñar despierto aunque muchas veces ella le halla advertido que no queria nada con el, mas que solo su amistad, aun así ella era su escape hacia otra dimensión, fuera de los confines de esta tierra, el idealizaba a una mujer con la que el pudiera compartir bellos momentos, realizar sabrosas aventuras y sobre todo amarse uno al otro sin restricciones ni pendejadas de ningun tipo.

Sadrac después que hubo recibido esa noticia se empezo a mover haciendo todos los preparativos para irse por un tiempo y estar junto con el autor de sus días, la tristeza se apoderaba de el constantemente, de alguna u otra forma sacaba fuerzas de la nada y se daba valor asi mismo, sabia que Tonathiu estaba solo en aquella distante y fría ciudad norteamericana, de alguna manera la vida o el destino habia sido cruel al separar a la familia de Sadrac, cada quien estaba por su lado, Tonatiuh en Boston, Sadrac en

Denver, Fátima su madre en la ciudad de Durango, México y el pequeño Misael, su hermano menor que ya para ese tiempo se habia convertido en todo un hombre. Antes de partir por unos dias para Boston Sadrac decidio llamar a su madre Fátima, tenia que comunicarle las malas noticias, no sabia de que forma se lo iba a decir, como empezar, sabia que era su obligación pero no sabia como.Aun asi tomo valor e hizo la llamada hasta México.

---¿Bueno?

---¿ueno, hola mamá, ¿como están todos por alla?

---Hola mi`jito, que sorpresa y que gusto escucharlo.

---A mi tambien me da gusto escucharle y saber que estan bien.

---¿Que han hecho mi`jo?

---Pues nada mamá, aquí nomás, la pura rutina igual que siempre.

---¿Y que tiene de nuevo? ¿Y las niñas?.

---Bien, bien, creciendo.

---Lo escucho un poco serio, ¿algo pasa? ¿todo esta bien?.---La intuición de madre le decia a Fátima que algo estaba pasando.

---Pues...

---¿Que paso mi`jo, tiene problemas con alguien?.

---No, no para nada, solo que...----Sadrac hacia grandes pausas antes de decirle a su madre la verdad sobre Tonathiu.

---Lo que sea dilo ya pues me estas poniendo nerviosa.

---Mi papa tiene cancer en los pulmones y esta en su etapa terminal.

---¡¡¡¡¡Queeeeeee!!!!!

---No se lo queria decir asi tan de repente pues sabia que la noticia le afectaria.

Se escucho un sollozo y despues un largo silencio, Fátima no podia hablar, las lagrimas empezaron a correr por sus mejillas una tras otra mojando por completo su rostro, el hombre al que ella habia amado, el padre de sus hijos muy pronto le diria adiós a este mundo cruel y solo quedaria en la memoria de todos aquellos que estuvieron cerca de el y en verdad lo quisieron. Los errores que

Tonathiu hubiese hecho en esta vida terrenal quedarian absueltos con su partida.

Sadrac sin perder mas el tiempo se fue para con su padre a pasar los últimos momentos que le quedaban, cuando llego encontro a un hombre avejentado y delgado, no era el mismo Tonathiu que el había dejado de ver hace mas de veinticinco años, tal vez la soledad y los pesares que va dejando la vida y el tiempo de alguna manera carcomen a la persona hasta convertirla en seres completamente diferentes a los que usualmente unō esta acostumbrado a ver,Tonathiu estaba acabado físicamente, la enfermedad y su vicio del cigarro se habían encargado de darle las estocadas finales a su vida. Los pocos días que Sadrac estuvo en la ciudad de Boston le sirvirieron a ambos para acabar de conocerse mejor, finalmente fue internado en el hospital general de Boston y a los dos días mas tarde expiro sosteniendo la mano de su hijo, Sadrac no pudo evitar que las lagrimas le corrieran por las mejillas una tras otra cuan cascada, el llanto de Sadrac fue en silencio, no podía hablar, estaba mudo, la tristeza de ver a su padre tendido en la cama del hospital sin vida lo habían dejado paralizado, sin movimiento, poco a poco fue soltando la mano de su progenitor sin dejarlo de ver por un segundo, una de las enfermeras cubrio el cuerpo de Tonathiu con una sabana blanca quedando solo asi la silueta del hombre en la cama, Sadrac se recargo a la pared del cuarto sin dejar de observar por un minuto ese cuerpo sin vida, los recuerdos brotaban a su mente, el rostro de su padre estaba ahí, lo veía reír, cuando se enojaba, cuando hablaba, incluso cuando un par de veces le toco verlo llorar, otra de las enfermeras tomando a Sadrac de uno de los brazos lo saco tierna y delicadamente, de la forma mas humana posible, en esos momentos Sadrac parecia ser de cristal, cualquier forma tosca que lo lastimara podria hacer que el muchacho se quebrara en mil pedasos, la fragilidad de haber perdido a un ser querido en ese momento lo hacia vulnerable a todo, jamás lo volveria a ver, aunque tuviera mucho tiempo sin haberlo visto de cualquier forma llevaba su sangre.

Uno de los compañeros de Tonathiu se llevo a Sadrac para su casa, otras personas también, se ofrecieron para ayudar en lo que fuera. Tonatiuh fue trasladado hasta la ciudad de Durango para que sus demás familiares lo vieran por última vez, al final, sus restos descansarían en el panteón viejo de su ciudad natal. Después del entierro Sadrac se regreso a la ciudad de Denver, moralmente destrozado, lo primero que hizo fue buscar a sus pequeñas hijas pues de alguna manera ellas eran un aliciente y un soporte para la tristeza que el sentía en esos momentos, a los dos días de haber llegado se presento de nuevo a trabajar, no sentía animos de nada, ni siquiera de buscar a Melissa para refrescar sus ánimos, trabajaba por obligación, mas no con el deseo de hacerlo, al fin y al cabo la vida tendria que seguir fuera como fuera.

* * * * * * *

El tiempo fue pasando y Sadrac continuo con su rutina y de esa manera fue superando la perdida de su padre, tendría que ser fuerte y demostrar naturalidad, pues la gente no siempre va a estar para consolarlo las veinticuatro horas del día. Los problemas y pleitos se hacian cada vez mas frecuentes entre Sadrac y Yamileth, las palabras obsenas y faltas de respeto tanto de uno como del otro era la merienda, comida y cena en esa casa, las niñas de alguna manera estaban tambien fastidiadas de esa vida, Yadira aprovecho que unos familiares habian ido a visitarlos y se fue con ellos con el pretexto de estudiar en la ciudad de Mcallen, TX., Sadrac sabia que su hija se alejaba no tanto por la escuela, sino mas bien arta del ambiente que se habia formado en esa casa con tanta discusión y altercados por parte de los dos, Hiuhtonal sin embargo esperaba con ancias el tener la mayoria de edad para independisarse y librarse de ese manicomio como ella lo llamaba, la pequeña Quetzalli se mantenia aparentemente ajena a esos problemas, de cualquier forma su actitud un tanto apatica y a la vez huraña dejaba mucho que decir sobre el comportamiento de Quetzalli, la niña crecía, sus juegos ya no eran los mismos que cuando tenia corta edad, aun así en el fondo seguia siendo una niña tierna y dulce, Sadrac muy tarde estaba dandose cuenta del error que habia cometido, desde un principio Yamileth había dado claras muestras de su infelicidad al lado de su esposo, el se había querido aferrar a ella por mantener una familia, el que sus hijas tuvieran por siempre a un padre, el estar junto de ellas todo el tiempo, Sadrac siempre crecio con la idea de que el matrimonio es para siempre y lo trataba de ver como algo sagrado, pero con lo que el no contaba es que cuando no hay amor en uno de los cónyuges el matrimonio se convierte en un infierno para los dos, Sadrac simplemente no estaba preparado para ese reto, se supone que al casarse una pareja el amor es que mueve a la gente a dar un paso tan importante, pero estaba equivocado, mucha gente se lanza al matrimonio por muchos motivos, razones y circunstancias diferentes, es mucha la gente en este mundo que une sus vidas a otro ser humano sin amor, llámese hombre o mujer, Sadrac cuando se unio a Yamileth estaba completamente convencido de que ella seria la mujer de su vida, el amor fluia de entre sus poros, su corazón temblaba cada vez que tomaba su delicada mano y su cuerpo se estremecía cuando se daban un beso, todo había cambiado en unos cuantos años, el carácter de Yamileth y la debilidad de Sadrac estaban llevando a esa familia a la destrucción, a la separación, Sadrac contemplaba todo eso, le dolía en lo mas profundo que su familia se estuviera desintegrando de esa manera, sus hijas querian correr, el también lo queria hacer, pero no tenia el valor para hacerlo, su cobardía había permitido que su mujer hiciera pedazos su propia familia, lamentablemente Yamileth era demasiado soberbia, egoísta y orgullosa para darse cuenta de lo que estaba o mas bien, había ya hecho.

CAPITULO

IX

Despues de mucho batallar y hacer lo posible por Sadrac superarse en algo, llego el momento, Sadrac empezó a asistir una vez mas a la escuela para sacar una carrera diferente, y ya no tener que manejar mas esos camiones que lo ponían tenso cada día debido al trafico de la urbe pues Denver cada vez crecia mas y con ella su población. El congestionamiento de autos cada vez se hacia mas difícil, muchas veces estuvo a punto de tener accidentes debido a la irresponsabilidad de los conductores que manejan pensando solo en ellos, mucha gente cree que un camion de ochenta mil toneladas puede detenerse igual de rapido que un carro normal, solo los que manejan esas grandes maquinarias saben de lo peligroso y la responsabilidad que llevan entre los hombros, pues un trailer cargado de material tiene que tener la distancia de un estadio de futbol para detenerse por completo.

La escuela a la que Sadrac empezó a asistir estaba situada en el corazón de la ciudad de Denver, en el downtown de la gran metrópolis, asistía de lunes a viernes de 5:00 pm hasta las 10:00 pm, los fines de semana los usaba para estudiar y pasear con la familia, el sabia que seria un esfuerzo que a la larga lo recompensaría con creces, la carrera de enfermeria era algo que siempre le había llamado la atención, a pesar de ser uno de los alumnos mas grandes de edad en comparación a sus demas compañeros, Sadrac se daba animos el solo pues pensaba en un futuro mejor para los suyos y menos riesgozo aparte de que andaria mucho mas limpio, también pensaba en que el ingles lo tendria que practicar mas y de esa manera dominarlo a la perfección. Para terminar ese curso tendrian que pasar dos largos años, pero eso era lo de menos, el tiempo se pasaba volando y habria que aprovecharlo al máximo, de cualquier forma el trabajo de chofer de contruccion no pensaba dejarlo, el patrón le había garantizado que mientras el estuviera a cargo siempre tendria su permiso para asistir a la escuela por las tardes, de hecho hasta lo habia felicitado por su empeño y su corage y determinación de querer salir adelante en la vida, no ser un mediocre, esa palabra de mediocre le recordo a su esposa Yamileth, pues tiempo atrás se lo recalcaba en la cara cuando esta se enojaba con el.

---Me case con un mediocre que no es capaz de darme una casa, toda mi familia tiene residencia propia, solo yo no.

Sadrac se quedo pensando y por un momento su mente divago por segundos, su patrón observandolo le tuvo que tronar los dedos para despertarlo y despues de esto soltarse riendo por la actitud tan extraña que su empleado había tomado.

---¿Estas bien Sadraquin?.---pregunto con una sonrisa pintada en su cara, Sadrac no contesto palabra alguna solo meneo la cabeza en forma afirmativa dandole a entender que estaba bien.

Sin querer el patron le habia hecho recordar palabras que el ya no queria volver a revivir, sin embargo esas expresiones le habian dado valor y corage para salir adelante y demostrar que el podia incluso en un país y con una lengua que fuera la de el. Las heridas que Yamileth le habia provocado habian surgido en Sadrac de forma retrospectiva, tal vez en forma de venganza colectiva pues se las había estado juntando una a una para al final darle la estocada final, así con diplomas y titulos en la mano le demostraria que se había equivocado, que el no era ningun inepto y fracasado como ella se lo gritaba solo por el hecho de no tener casa propia, poco a poco Sadrac estaba llevando a cabo esos planes de restregarle a su queridita esposa que estaba equivocada y la haria tragarse sus palabras, el primer titulo que este logro conseguir fue el del famoso GED, que es el equivalente a la high school, después saco el diploma cuando fue a la escuela de manejo, ahora se estaba preparando para terminar la carrera de enfermeria,cada paso que Sadrac daba era tambien un reto para el, de esa manera estaba matando dos pajaros de una sola pedrada, pero en el fondo Sadrac no era de negros sentimientos, estaba herido, lastimado, humillado y solo queria demostrarle a su mujer en especial que el podía, al fin y al cabo los logros que el tuviera serian para beneficio de la propia familia, pues al estarse superando todos ganarian.

Ya solo les quedaban dos de sus hijas con ellos, Yadira ya se había ido a estudiar a Texas y al parecer se la estaba pasando de maravillas por aquellas tierras sureñas y tropicales, pues a media hora de la ciudad de Mcallen se encontraba la hermosa isla del padre, en donde cada verano los turistas y residentes cercanos a esa playa se daban cita para mitigar el calor infernal que pegaba para los meses de Junio y Julio, Sadrac conocía perfectamente esas tierras y sabia que su pequeña hijita disfrutaría al maximo su estancia en ese lugar; por otra parte tanto Hiuhtonal como Quetzalli seguian desarrollandose junto a sus padres y aburriendose con la rutina de la gran ciudad.

Hiuhtonal un día se postro frente a sus progenitores y de forma seria y sin titubear les dio la noticia de que ya tenia novio, era un muchacho de Yucatan llamado Anastacio Contreras, su aspecto daba la impresión de ser un joven serio y trabajador, de tez morena y bajito de estatura, cuerpo regordete y de bigote de galan de los años 20`s, era tímido pero ya una vez tomando confianza era un chico amable y risueño, sin mas demora alguna Hiuhtonal se los llevo a la casa para que lo conocieran, la impresión de ambos fue hacerle preguntas y sacarle la mayor información posible sobre su vida, su familia, trabajo, a que se dedicaba y cuales eran sus planes a futuro, cada pregunta era para el valiente novio como una piedra que le lanzaban desde arriba pues este se debaja hundir en el sofa de la casa hasta que al final solo se le miraban los ojos los cuales se le confundian con los botones de los cojines, hasta daba la impresión de tener algun parentesco con los camaleones pues casi se queria camuflajear con el color de los sofás, al final no hubo mas remedio que Hiuhtonal entrara al rescate de su galan para salvarlo de las garras de los celosos y desconfiados suegros, ellos tenían que cuidar y velar por la felicidad de su primogenita y no permitirian que cualquier pelagatos se le acercara, para eso estaban ellos y lo tenian que hacer con astucia y determinación.

Anastacio poco a poco y de forma inteligente y cautelosa se fue ganando primero la confianza de Sadrac pues el carácter que este tenia era mucho mas dócil que el de Yamileth, esta disimulaba tolerarlo pero en el fondo de chaparro, prieto e indio pata rajada no lo bajaba, consideraba que era algo muy insignificante para su bella doncella, ella se merecia algo mucho mejor, un hombre alto y gallardo, capaz de hacer a su pequeña hija feliz y darle todo lo que ella mereciera, despues de todo Hiuhtonal no era fea físicamente, los años y la adolecencia habian moldeado a Hiuhtonal con todo detalle y la buena mano de la sabia naturaleza, su cuerpo se habia moldeado con las curvas perfectas y era el centro de atencion de los muchachos de su edad, su piel blanca hacia juego con el color de su cabello y su rostro resplandecia cuan si fuese luz matinal, no en vano Yamileth aseguraba y perjuraba que ese mequetrefe no le llegaba a su hija ni al dedo chiquito del pie, pero en el amor no hay miramiento de color o prejucio social o etnico y la muchacha estaba totalmente enamorada de Anastacio o al menos creia estarlo. El par de tortolos salian a pasear juntos al parque slownlake, uno de los parques mas populares en la ciudad de Denver y tambien de los mas grandes pues tiene aparte de jardines y canchas de futbol un lago enorme en donde la gente suele ir a pasear en lanchas y alguno incluzo hasta a esquiar. La feliz pareja se llevaban aparte a la hermanita menor para que los cuidara y Anastacio no se fuera a atrever pasarse de listo con Hiuhtonal, aunque a esa edad la temperatura y los deseos carnales florecen y van creciendo como matorrales a los que día a día se cuida y germina, los besos, las caricias y las palabras hacen que la piel tiemble y los nervios se encojan al sentir las respiraciones y los besos en partes lo suficientemente sensibles como para incitar a los pecados y los bajos instintos de la piel y la carne.

Por otra parte Yamileth y Sadrac se quedaban en casa, ella viendo las telenovelas trajicas y fribolas de la vida comun y Sadrac estudiando o escribiendo o muchas veces encerrado en su cuarto escuchando música, los dos viviendo bajo el mismo techo pero llevando vidas separadas, en una de esas tardes en que Hiuhtonal y Anastacio en compañía de Quetzalli se fueron a comprar un helado y despues de eso a la sala de cine para ver una pelicula de estreno, el matrimonio Quintana se quedaron como de costumbre en la casa, cada quien haciendo lo suyo, sus propias actividades, Sadrac estaba en la sala escuchando al grupo Italiano stormy six con los ojos cerrados, estaba totalmente absorto en la música, su mundo giraba alrededor de esa melodia que escuchaba en ese momento, sintió pasos, como si alguien hubiese entrado de puntitas a la sala para no hacer ruido, cuando Sadrac habrio los ojos vio que Yamileth estaba enredada con una toalla del baño, también estaba cerrando las parsianas de la sala que daban a la calle, prendió el foco para que de esa manera hubiera suficiente luz y en acto seguido dejo caer la toalla a sus pies y esta resbalo por su cuerpo deslizandose por su espalda y pasando por sus gluteos dando la impresión de estarle acariciando su cuerpo completamente desnudo, Sadrac se quedo con la boca abierta al ver a su esposa ofreciendosele de esa manera tan sensual y provocativa, la perplejidad se apodero del joven bohemio y no dejo que este se reincorporara del sofa debido al asombro tan grande que este tenia encima, había pasado muchos años desde la ultima vez que su esposa lo habia provocado de esa manera, ella, completamente desnuda como el día en que vino a este mundo se le fue acercando con pasos de gacela y de forma coqueta, se recostó sobre el pecho de su esposo y le dio un beso en la boca que dejo a este sin respiracion alguna, rodeando sus brazos sobre el cuello de su gallardo marido lo sujeto inpidiendo que este se moviera o pusiera resistencia alguna para evitar la escena a la que estaba destinado a vivir, Sadrac ya estaba dominado para ese momento, la sangre le empezó a hervir por dentro y la ebullición de su cerebro estaba al cien por ciento, el le puso las manos en las nalgas y se cayeron del sillon dando vueltas y revolcandose en la alfombra ella volvio a quedar encima de Sadrac de forma triunfante y vencedora, pegándose de su boca una vez mas y bajandose poco a poco dandole besos y lamiendole su cuello, su pecho, el abdomen hasta el punto de quedar frente a aquel miembro viril del hombre al que ella estaba seduciendo y que tenia totalmente bajo control, le desabrocho el ziper de su pantalon y le dio una tremanda succionada al miembro de Sadrac que este solo solto un suspiro e hizo que pusiera los ojos en blanco debido al placer que este sentía, Yamileth se aferro al pene de su hombre como si estuviera disfrutando la mejor de las golosinas, mientras este solo jemia y ponia diferentes caras dando a demostrar su aprobación, cuando no aguanto mas la volvio a sujetar y levantandola le hizo el amor como en mucho tiempo no se lo habia hecho ya, los dos quedaron extasiados de la muestra de amor que se habia dado uno al otro, después siguieron las palabras de afecto y una reconciliación que les permitio volver a repetir la escena antes de dormir.

Los actos se repetian una y otra vez durante varias semanas, todo parecía que la armonia reinaba y el amor era lo unico que se respiraba en esa casa en donde de la noche a la mañana las palabras y los actos de afecto se demostraban a cada momento y noche tras noche y día con día, Sadrac se sentia feliz, por mucho tiempo eso era lo que el mas deseaba y por fin lo estaba viviendo, la armonía y la convivencia con su familia por fin estaba dandose en esa casa en la que solo se habian vivido pleitos y conflictos por años.

La pequeña Quetzalli asistia a la escuela como es lo normal en una jovencita a esa edad, Hiuhtonal estaba casi a punto de terminar su high school y por otra parte Yadira se preparaba al lado de sus primas en la ciudad fronteriza de Mcallen, TX., Sadrac seguía su rutina de trabajo y estudio al mismo tiempo y Yamileth de ama de casa como es lo normal o al menos para ella pues algunas veces Sadrac hacia rabietas y berrinches porque el sueldo no le alcanzaba para todo, incluso algunas semanas se habia tenido que aguantar a comprar mas música pues tenia que estirar el unico cheque para pagar renta, pagas deudas y comprar la despensa de la semana, de cualquier forma Sadrac sentia que el amor y el estar en sana paz con su esposa era algo que no tenia precio alguno y por eso trataba de ser prudente y no demostrar sus frustraciones delante de Yamileth que en esos dias lo estaba atendiendo a cuerpo de rey, cuando el llegaba encontraba su comida servida y calientita, era cariñosa tierna, amorosa y por las noches le exigia que cumpliera con sus obligaciones como esposo para que ella pudiera dormir bien.

Un día de esos, cuando Sadrac estaba cumpliendo con sus obligaciones para mantener a su familia, se encontró a Melissa que desde un buen tiempo no la veía, su boca pintada y el cabello suelto hicieron que Sadrac pusiera su atencion una vez mas en ella, no lo podia evitar, esa mujer le atraia y mucho, dentro de el se desataba una lucha interna y moral, por un lado la conciencia le prohibia fijarse en ella pues el era un hombre casado y aparte sabia perfectamente que Melissa nunca seria para el pues ella en muchas ocaciones se lo habia aclarado de diferentes formas, pero ella era una mujer demaciado interesante a los ojos de Sadrac, las camisas abiertas del escote dejaban poca imaginación a Sadrac, de forma seductora y atrevida dejaba que este se deleitara la vista con sus voluptuosos senos que se le abrian como ramos de jacinto y esto convinado con el color de su piel morena clara, Sadrac sudaba internamente y las manos le hormigueaban por acariciar esas joyas en bruto, Sadrac sabiendo que nada lograria con estar mirando ese par de hermosos pechos optaba por retirarse y olvidar lo ocurrido, se concretaba mejor por dedicarse por entero a sus labores y asi terminar el día para descanzar y estar listo para el día de mañana.

* * * * * * *

Los años se van volando sin que muchas veces no demos cuenta, ¿quien puede hacerle frente al tiempo? Sadrac y su familia seguian su rutina como los millones de ciudadanos de este gran país, esta tierra llena de oportunidades en donde la gente muchas veces hasta pierde la vida con la ilucion de estar aqui y aspirar a vivir mejor, este reino en donde la gente sufre por sacar a los suyos adelante aunque para eso tengan que sufrir toda clase de desprecios, humillaciones y maltratos por gente igual o muchas veces peor que uno, aquí los hispanos se tienen muchas veces que tragar su corage y frustracion,su dolor y sus venguenzas por aferrarse a quedarse aquí, tristemente los mismos compatriotas se encargan de joder a sus mismos paisanos acabados de llagar. Sadrac sabia todo eso de sobra pues el mismo ya habia pasado por esas pruebas de fuego, por eso el trataba en parte de superarse, el no seria uno mas del montón, de decía a si mismo, al mismo tiempo no se explicaba y se le hacia indigno e ironico el que a Estados Unidos le llamaran el país de las oportunidades. Era cierto, las oportunidades estaban para todos, pero mucho mas para los que estaban legalmente viviendo en esta gran nación, para los millones de indocumentados esas oportunidades como ellos le llamaban eran relativas, solo el de tener un trabajo mejor pagado que en México, tener su propio automóvil, una buena casa, buena ropa, ahorrar lo mas que se pueda y mandar la mayoria de dolares a Mexico para hacerse alla de otra buena casa, un negocio propio y regresarse a su querida tierra y de esa forma poder vivivr de una forma mas digna y mejor; existen otro tipo de gente que se imponen a estar aqui viviendo que prefieren quedarse aqui a vivir con la esperanza eterna de un día poder ser parte de las miles de personas que arreglen su sistema migratorio y le rezan a todos sus santos para que al presidente o algun politico influyente se le hablande el corazón y de esa manera ocurra un milagro. Sadrac todo eso lo habia vivido y analizado por todos los años que estaba radicando en este país, el tenia otra teoria por experiencia propia, Sadrac estaba convencido que la mejor manera de triunfar en los Estados Unidos era la superacion propia de cada individuo, el ir a la escuela a aprender a hablar ingles, el tener metas de hacer una carrera, el tratar de acoplarse a la cultura de los anglosajones era una manera eficiente y radical de salir del hoyo subcultural del que la mayoria de las razas de otras naciones nos tenían y nos hacían ver como si los Mexicanos fuéramos el patito feo del mundo. México es un país que abunda en cultura, tradición y riquezas históricas, entonces pues, porque no sacarle partido a nuestras raices y demostrar que los Mexicanos somos diferentes, que si podemos y que somos capaces de superarnos incluso hasta mas que otros, Sadrac meditaba y no dejaba de pensar en esos polemicos problemas que no dejaban de causarle tristeza y preocupación.

Hiuhtonal tenía ya los diecinueve años de edad y decidio que ya era hora de independisarse de sus padres y asi poder hacer su propia vida, esa noticia repentina hizo que Sadrac se deprimiera y no pudo evitar el que la tristeza se apoderara de el, su pequeña hijita queria empezar a volar y sin querer darse cuenta la vida y los años se la estaban arrebatando de sus manos, se le vino a la mente la cancion de aquel famoso cantautor argentino que escribio una hermosa cancion la cual habla de cuando el le dice a su padre que se quiere hechar a volar, se puso serio y me dijo, a mi me a pasado igual; a Sadrac casi se le salen las lagrimas de los ojos, antes el solia escuchar esa bella canción como distracción solamente, ahora la vivia en carne propia, también recordó cuando el mismo se salio de su casa para radicar en los Estados Unidos dejando mas de un corazón hecho pedasos incluyendo el de su madre y su pequeño hermanito.

No cabe duda, la vida te hace pagar una a una las que vas haciendo por el camino, no hay forma de evitar tan estrepitosos enfrentamientos, Sadrac ahora lo veia con sus propios ojos y en carne propia lo sentía, cuando los seres humanos atravesamos la etapa feliz de la juventud todo se nos hace bonito, cómico, fácil y divertido, tomamos las cosas a la ligera y le restamos poca importancia a los consejos que nos dan nuestros viejos, esas personas a las que jusgamos como aburridas, como anticuadas, como estupidas, los jóvenes somos los que sabemos realmente, nada va a pasar, renegamos de mamá, de papa, de los abuelos, de todo el mundo, como los incomprendidos por la sociedad adulta. Sadrac recordaba cada una de las palabras y cada hecho cuando el tambien habia sido un inexperto adolescente, ahora lo estaba pagando con lo que mas le dolía, con sus hijas, su propia sangre; ya su hija mediana, Yadira se le había ido al estado de Texas, ahora se le alejaba también la mas grande, solo le quedaba una, la mas pequeña de las tres, Quetzalli, su muchachita tambien se convertiria en señorita muy pronto y muy pronto tambien le diria adiós. Sadrac futurisaba una soledad inminente, sabia lo que le esperaba, era algo asi como un terrible presentimiento, una corazonada, de cualquier forma no quizo tomar mucha atencion a sus presentimientos y dejo que la vida siguiera su curso, al fin de cuentas, que mas podia hacer.

Después que la primogenita de sus tres hijas se hubo dependizado de ellos, Sadrac no se dio por vencido y continuo sus planes, el sabia que se tenia que mantener ocupado en algo y hacer lo que le agradara, de otra forma la tristeza y la soledad se apoderarian de el y entonces si estaria perdido, dos años mas tarde termino la escuela de enfermeria y se graduo como todos, se le hizo una pequena fiesta sorpresa y las felicitaciones no se hacian esperar, Yadira le llamo desde Mcallen para felicitarlo y tambien darle la oportuna noticia que estaba comprometida con su novio, la nueva le cayo a Sadrac de sorpresa pues el ni siquiera sabia que su hija traia novio por allá. Aun así en vez de sentir cualquier tipo de sentimiento negativo, le dio gusto por ella, el siempre habia deseado la felicidad para sus hijas que era lo que el mas amaba sobre la tierra, tenia que ser realista, sus muchachitas, como el solia llamarlas estaban creciendo y pronto serian unas mujeres listas para formar asi sus propias familias, después de esa noticia, Sadrac Quintana colgo el auricular y alzando la copa que sontenia en sus manos hizo un brindis por el amor, por la vida y por toda realizacion propia a favor de la felicidad, pero sobre todo por sus hijas, porque el día de mañana fueran grandes mujeres capaces de realizar sus propios sueños y realizarse como individuos propios en este mundo lleno de retos. Los invitados se quedaron viendolo y viendose unos a otros y no comprendieron el porque de tan sorprendente efusión, solo pensaron que tal vez estaba emocionado por su graduación, después de todo Sadrac habia sido uno de los mas grandes de edad en haberse graduado como enfermero, la mayoría de sus condicipulos eran diez o quince años menores que el.

La vida le estaba dando alegrias y grandes satisfacciones a Sadrac, pero a la vez tambien se las estaba cobrando de diferentes maneras, el alejamiento de Yadira y despues la independencia de su hija mayor Hiuhtonal le habia hecho cicatriz en su vida, por otra parte Yamileth seguía sin hacer demaciados cambios, algunas veces demaciado tierna y otras haciendo tormentas un pequeños vasos de agua, tormentas que lo unico que lograban era que el corazón de Sadrac se alejara cada vez mas de esa farsa llamada amor, como el solía llamarle.

Dicen los viejos sabios que no hay mejor remedio para el dolor que el mismo tiempo, al poco tiempo de que Hiuhtonal se fue de la casa, Sadrac se sentia solo en esa casa de tres cuartos, para el era como una mansion en la que la soledad y la tristeza se apoderaban de el día a día, los recuerdos se le venian a su cabeza uno a uno y las carcajadas, risas, llantos, gritos y deamas ruiditos que solian hacer sus dos chiquillas se apoderaban de esa casa y de esos cuartos haciendo que Sadrac solo echara grandes suspiros por toda la residencia, su nuevo trabajo le servia bastante para distraerlo y sacarlo de ese mundo fantasmal y aplastante.

Después de una buena temporada de estar trabajando para un hospital local de la ciudad de Denver, CO., Sadrac decidió tomarse unas merecidas vacaciones junto a su familia, Yamileth y Quetzalli, se irían por unos quince días a la ciudad de Mazatlán, la estancia en esa bella ciudad costera le traeria paz y descanzo a los Quintana, seria una buena escusa para salir de esa rutina infernal que lo estaba volviendo loco, esa monotonía que se vive en las grandes urbes capitalistas, el ajetreo de la vida, el correr de un lado a otro tratando de llegar a tiempo a todas partes, el tener muchas veces que comer de forma acelerada por la pura necesidad de llenar ese vacio intestinal, el convivir con gente que vive al mismo ritmo que los demas no da tiempo para hacer buenas amistades, conoces a los vecinos solo de vista y muchas veces no sabes ni que loco tengas al lado tuyo, en fin, vivir en ciudades tan grandes de paises desarrollados tiene muchas ventajas, pero también muchas desventajas y una de esas es la violencia que se vive cada día, cada noche, cada momento en donde sales de tu casa y no sabes si regresaras.

Por eso las vacaciones que se dio Sadrac con su esposa y su pequeña Quetzalli fueron estupendas, el hubiera deseado que sus otras dos hijas fueran también, pero los compromisos propio de las jóvenes independientes no les permitia salir a pasear con su familia, ellas tendrían su propio espacio y tiempo para irse por ahí, tal vez a otra playa, a otro estado del país o simplemente a disfrutar de su soledad y su independencia al lado de sus amigos y compañeros de escuela.

Desde que Sadrac perdio a su padre, había tenido poco contacto con su madre, pocas veces le hablaba y el descuido y el abandono en que Fátima se encontraba la hicieron caer en una depresion aguda y severa que la llevaron a un aislamiento como pocos se han visto, la soledad se apoderaba de Fátima y sus recuerdos le hacian ronda cuan fantasmas del pasado, recordando a sus dos unicos hijos cuando estos aun eran pequeños y dependian de ella para todo, cuando se dedicaba a cocinarles pasteles en sus tiempos libres, galletitas de repostería, cuando se arreglaba para darle gusto a su marido, recordaba también a Tonatiuh, hablándole, susurrándole palabras dulces al oido y diciendole que lo perdonara, que quería volver con ella. Las lagrimas solían caer una a una descargando torrenciales de agua que emanaba de los ojos humedos de Fatima que lloraba desconsolada por la vida y desepcionada de todo, maldecía y escupía la suerte tan perra que le habia tocado vivir, ella que se entrego por los suyos, por sus hijos, por el amor y ahora estaba sola, desamparada, enferma y sin quién la fuera a visitar de vez en cuando.

Misael, el hermano menor de Sadrac al ver a su madre en tales circunstancias queria volverse loco,no sabia como localizar a su hermano mayor para que este le diera ayuda, lo primero que se le vino a la mente fue buscar el numero telefonico de la tía Lucrecia, a ver si ella sabia algo de Sadrac, después de indagar y preguntar aquí y alla le marco por cobrar a la tía, el que contesto fue pedos quietos que aun seguia viviendo con ella.

---Hello?

---Bueno, disculpe ¿esta mi tia Lucrecia?

---¿quién la busca?

--- Soy Misael el hijo de Fátima, la hermana mayor de Lucrecia

---¿Misael?.---Pedos quietos fingio no estar relacionado con ningun Misael, pero aun asi le pregunto a Lecrecia con un fuerte grito.---Honeyyyyyy, ¿tu conoces a un Misael, el hijo de tu hermana Fatima?.

---Pasamelo.---Se escucho desde lejos la voz de la tia Lucrecia que al parecer le habia dado gusto el tener noticias de su sobrino que no veia desde años.

Lucrecia al saber lo que estaba pasando con su hermana no supo mas que ponerse a llorar por la suerte que estaba pasando su hermanita, le prometió a Misael que trataria de localizar a Sadrac como fuera posible, en realidad ellos ya no tenian ninguna clase de contacto ni asociación desde hace mucho tiempo, rápidamente Lucrecia tomo su automovil y se dirigio a ver de que manera daba con su sobrino; no sabia la reaccion de Sadrac al verla de nuevo, aunque eso era lo de menos, lo primero es lo primero y la vida de Fátima esta de por medio, anduvo de un lado a otro con las personas mas allegadas a los Quintana, por fin y despues de varias horas los Sepulveda le supieron dar razón de donde podria encontrar a Sadrac y al resto de la familia, toco por mucho tiempo pero todo fue en vano, nadie habría la puerta, en frente de la casa se asomo un viejecito que hamablemente le dio informes.

---No estan aquí, se fueron de vacaciones a Mexico.

---No, gracias; es usted muy amable señor.---Lucrecia se fue triste y cansada de tanto andar investigando para nada, al parecer su esfuerzo habia sido en vano. Todo esto ocurria mientras Sadrac ajeno a todo acontecimiento y desgracia, se la pasaba de lo lindo requemandose el cuerpo y disfrutando de los encantos de las playas Mexicanas, su madre en ese momento no le preocupaba tanto, tenia que estar bien, ¿porque tenia que estar mal?

La vida era corta y el sabia que regresando a los Estados Unidos llevaria una vez más su mismo estilo de vida. Aprovecho la playa y las puestas de sol para escribir algunos versos y recordar a viejos amores, también pensaba en sus hijas, le preocupaba el como estarian a pesar de que ellas ya eran unas señoritas capaces de cuidarse por si mismas, se le vino a la mente tambien su hermano,su madre y su difunto padre, hubiese dado lo que fuese por regresar el tiempo y pasar esos momentos junto a todos los de su familia, hijas, esposa, madre, padre, hermano; pero no, eso era casi un imposible, el sabia mas que nadie que eso era solo un sueño vago y tonto que le pasaba por la cabeza y la realidad era otra completamente diferente, Yamileth su esposa no se llevaba bien con Fátima, su hermano ya era para ese tiempo todo un joven y lógicamente se haría siempre al lado de su madre, de hecho el estaria todo el tiempo entre la espada y la pared, aparte si es bien sabido que las familias tienen que estar separadas y distantes, de esa manera cuando se vuelven a ver, se ven con gusto. Sadrac ignoraba lo que estaba sucediendo con su madre alla en México, mientras el gozaba de unas merecidas vacaciones, su progenitora se ponia cada vez mas grave.

La estancia en esa bella playa y sobre todo el servicio que se le da a los turistas es digno de mencionar, los Quintana se dieron vida de reyes comiendo a su antojo y bebiendo toda clase de menjurges colectivos en donde se preparaban con diferentes vinos, licores y extractos de arboles afrodisíacos, aparte de unas cuantas lagrimas de tortuga para que la cruda no se sienta al día siguiente, Yamileth aprovechando la ofertita se tomaba lo que le pusieran, al final el resultado fue que la tuvieron que sacar con los pies arrastrando y diciendo (que lindo es Mazatlán), Sadrac se quedo un poco mas sobrio, solo que al sentir la brisa golpear su rostro sintio de momento que un fuerte sismo sacudía sus pies y el mar se lo tragaba, a la mañana siguiente los dos solo se miraban uno al otro jurando mentalmente no volver a repetir la historia, un par de alka-zelser con agua mineral y fue todo lo que necesitaron para seguir disfrutando del mar y la brisa, se fueron a comer mariscos y después se fueron de paseo a una isla cercana en donde a los turistas les preparaban un estilo de pescado llamado (pescado zarandeado), después de esos cortos pero inolvidables días de diversión y entretenimiento llego la hora en que se tuvieron que devolver a su ciudad de vida, Denver los esperaba con sus problemas, su trabajo, su trafico y todo lo que tiene que ver con la rutina diaria de cualquier ciudad y en cualquier parte del mundo, la situación es siempre la misma, por eso es bueno despejarse de vez en cuando. Sadrac regreso con mas animo y mas positivismo de ver la vida y seguir adelante, sin saber lo que le esperaba e ignorante a todo problema lo primero que hizo al llegar a la ciudad fue contactarse con sus hijas Yadira y Hiuhtonal para ver como estaban y que tenian de nuevo. Aparentemente todo seguia de la misma forma, nada cambiaba, ninguna novedad aparente, las cosas no podian estar de mejor forma, Sadrac ignoraba por completo el problema que se le venia encima con respecto a su querida madre, Fátima.

Al día siguiente de haber llegado, Sadrac tuvo una visita inesperada, se trataba de la tía Lucrecia, tocando la puerta de forma insegura y débil, Sadrac pensó que se trataba de cualquier persona, de cualquiera menos de ella, al abrir la entrada de su humilde pero confortadora residencia, los ojos se le abrieron de forma mecanica al ver a la tía en el portal, no se lo esperaba, ni siquiera sabia como se había enterado de que vivian allí, en realidad eso era lo de menos, intrigado pero a la vez sin dejar de ser grosero Sadrac le extendio la invitacion para que pasara y se pusiera comoda.

---Hola, ¿como estas Sadrac? Y Alice, ¿como están todos?

---Bien, bien gracias, ¿y usted?

---Bien tambien gracias, oye mira,pues has de decir que despues de tanto tiempo, la verdad solo vine , ¿por qué tu mamá esta muy enferma de los nervios y cayo en un estado de depresion que si no la sacan de donde esta su vida corre peligro.

Lucrecia fue directa y al grano, en realidad no habia motivo alguno para tan inesperado encuentro, ya una vez que hubo terminado de dar la información, opto rápidamente por retirarse y despedirse de ambos. Sadrac se dejo caer en el sillon de su sala como si sus piernas no pudieran sostener el peso de su cuerpo, el rostro le cambio totalmente y la sonrisa que antes había sido de felicidad, ahora era de preocupación, si de verdad su madre estaba asi como la tía Lucrecia se lo habia dicho, entonces el tenia que hacer algo, no podía dejar asi al ser que le dio la vida y lo trajo a este mundo, a la persona mas noble y buena que puede haber para cualquier ser humano, la propia madre; ese ser que cuando somos indefensos nos cuida y nos protege de cualquier pena o peligro que pueda haber o nos rodea, esa mujer que cuando lloramos nos consiente y nos quita el hambre, la sed, el dolor. Sadrac pensaba en silencio mientras Yamileth solo se concretaba a observarlo y respetar su espacio propio de meditación. Sadrac cavilaba sin decir ni media palabra, la mirada se le veia perdida, como si en ese momento su mente estuviera a miles de kilometros de la tierra, en otro mundo, en otra galaxia tal vez, hubiese querido tener alas para en ese presiso momento ir con su madre y abrazarla y decirle cuanto le hacia falta, que no importaba que el ya fuese un hombre con familia, que madre solo hay una y que la seguia necesitando.

Ahora se enfrentaba a otro gran problema, como regresar a México e ir en ayuda de Fátima, el dinero se habia utilizado en las vacaciones y realmente no tenian nada ahorrado, unos cuantos dólares que no eran suficientes para un gasto de esa índole, no le quedo de otra mas que empezar a vender parte de sus cosas personales para completar el viaje, tres cuartas partes de su colección de música rock se vendió, los discos se los compraban al precio que ellos querían, los compradores sabian perfectamente que Sadrac llevaba una colección digna de respeto, pero la avaricia y la falta de honestidad del hombre no tiene limites, se aprovecharon de la necesidad que este tenia y le compraron los discos por una verdadera miseria, el animo que Sadrac llevaba consigo mismo era catastrófico, la moral la tenia por los verdaderos suelos, su colección, había tardado años en juntarla y ahora la perdia en menos de dos horas, solo trato de dejar un disco de cada banda de rock para al menos seguir conservando algo de cada grupo, los compradores al ver la copilacion de tantos grupos se quedaban plasmados y boquiabiertos a la vez que sus rostros reflejaban avaricia y sonrisas siniestras al saber lo que estaban adquiriendo por tan bajo costo, asi los discos de Sadrac y con el todo el repertorio de bandas como: Eloy, Samla mammas manna, Univers zero, Henry cow, Art bears, Guru guru, Area, Banco, Premiata Forneria Marconi, After crying, Solaris, Iconoclasta y cientos mas de grupos se quedaron en manos de gente que sin ningun esfuerzo se apoderaba de ellos y hasta se los peleaban como si fueran perros disputando trozos de carne con huesos frescos, Sadrac no se quedo a presenciar tan cruel y despiadado show, se trataba de algo que el amaba y disfrutaba en gran manera, su música, parte de su vida.

Después de haber malbaratado cientos de sus discos, no le quedo de otra mas que tambien vender su equipo de fotografía, una cámara profesional marca minolta con cinco diferentes lentes, uno de esos lentes era un macro de 50mm a 80mm, el otro delos lentes era de 100 a 300mm, otro mas de 25 a 80mm, otro mas de 25 a 50mm y por ultimo un lente que Sadrac le gustaba usar cuando salían de paseo al zoologico de la ciudad, un lente de 300 a 600mm; paso exactamente lo mismo que con los discos, ya una vez que compras algo nuevo, es muy raro que recuperes lo que invertiste, el valor aproximado por su equipo fotografico era de unos dos mil quinientos dólares, Sadrac solo saco setecientos dólares por todo. De cualquier forma y con dolor por haber perdido parte de lo que a el le gustaba y sobre todo le habia costado dinero y esfuerzo haber conseguido y perderlo de esa manera tan vil, Sadrac considero que las cosas materiales vienen y van, tal vez nunca volveria a recuperar esos tesoros, como el solia llamarles, pero era mucho mas importante la salud de su madre y el bienestar de ella, con ese dinero era mas que suficiente para ir y venir sin ningun problema, sabiendo bien invertir esa cantidad y sin derrochar en gastos que no fueran necesarios, antes de partir de nuevo a México Sadrac se aseguro de que al regresar seguiria conservando su trabajo, de otra manera su retorno a Denver seria realmente critica la situación a la que se tendria que enfrentar, sin trabajo y sin dinero no queria ni imaginarse la tormenta de problemas a los que se tendría que enfrentar.

* * * * * * *

Ya una vez en México, Sadrac llego y sin mas demora empezó a agilizar los tramites y los papeles necesarios para llevarse a su madre con el, las cosas de la casa se venderian y otras mas se dejarian encargadas con familiares y gente de confianza, Fátima al ver a su hijo despues de tantos años rompió en un llanto desconsolador que nada ni nadie la podia calmar, Misael solo se volteo contra la pared y no pudo evitar el que las lagrimas le mojaran sus mejillas, Sadrac al ver tan triste escena solo agacho la cabeza y se dirigio al refrigerador para abrir rapidamente una gaseosa y tomársela de forma un tanto desesperada para asi poder digerir ese trago amargo por el que estaba pasando, el cuadro que se veia en esa casa era deprimente y bastante patético, Fátima no tenia humor de nada, los muebles de la casa estaban polvorientos y sucios, el refrigerador muy apenas tenia unas cuantas cosas para comer y algunas incluzo en mal estado, los cuadros estaban ahí, colgados, como si fueran testigos silenciosos de toda aquella tristeza que encerraba aquella pequeña casita en donde incluzo el sol se negaba a iluminar, se podía percibir que la estufa no se usaba en mucho tiempo, el cochambre que se almacenaba estaba pegado, como si fuera parte del mueble, Sadrac volteaba los ojos para todos lados y no dejaba de estar observando en las condiciones tan infrahumanas en las que estaba viviendo tanto su madre como su hermano, pero si todo estaba en esas condiciones, entonces, ¿que estaban comiendo? no podían tener tanto dinero para estar comprando a diario en la calle, simplemente no se podía, razonaba Sadrac dentro de si, de cualquier forma fuera cual fuese la situación o como se las ingeniaran ellos para poder subsistir, Sadrac quería poner punto final a ese problema, por eso estaba ahí, para ayudar tanto a su madre y a su hermano y aunque Misael ya no era un niño pero de igual forma seguia siendo soltero y su unica familia seguia siendo Fátima y Sadrac.

Los tramites de los pasaportes no demoraron gran cosa, Sadrac pidió asilo politico tanto para su madre como para su hermano y ya dentro de muy pronto los tres estarian viviendo juntos en los Estados Unidos de Norteamérica, la compañía y las ocurrencias de los niñas le servirian a Fatima como terapia para que saliera de esa depresion que la estaba ahogando y consumiendo poco a poco. Ya una vez que la madre y el hermano de Sadrac se establecieran en su nuevo hogar, tal vez todo seria mejor, tanto las relaciones conyugales como tambien el recuperar el tiempo perdido y convivir mas con su hermano menor y con Fátima, Sadrac ya no tenia nada mas que hacer en México, su única familia eran ella y Misael, Yamileth y sus tres hijas, juntos podrían hacer una gran dinastia.

Las primeras semanas son para alguien que esta de visita algo así como la prueba de fuego, los primeros días todo es amabilidad, sonrisas, alegría, cortesía y educación, después de un cierto tiempo todas esas bellas cualidades se convierten en criticas y un espiritu quisquilloso que todo molesta, especialmente para los dueños de la casa; Yamileth no fue la escepcion a tal rebeldia de independencia, las quejas empezaron surgir por insignificantes detalles, la comida se esta acabando muy rápido, tu hermano solo esta de holgazán, tu madre se fija en todo, etc., etc. Para Sadrac eso era un repetitivo y constante dolor de cabeza o como dicen los gringos (pain in the ass), Yamileth se convirtió en el verdugo de la familia y prácticamente termino por casi hecharlos de la casa con su constante actitud despota y grosera, Sadrac se encargo de que su hermano consiguiera un trabajito que les diera a ambos lo necesario para vivir de una forma digna pero sin tantos lujos, hablo con uno de los encargados del hospital en donde el trabajaba y lo acomodaron asiendo la limpieza por las tardes con un sueldo no muy prometedor pero si con todos los beneficios y descuentos para ver a cualquier doctor. Es tal vez una de las grandes ventajas que tiene el trabajar para un hospital en los Estados Unidos, la gran ayuda que se tiene para ver a los doctores en caso de una emergencia o simplemente una revisión de rutina para ver si todo esta bien. Eso a Misael le cayo de las mil maravillas, pronto se fue familiarizando con todo el lugar y principalmente con las areas que a el le tocaba limpiar, de vez en cuando tambien le tocaba cubrir la sala de emergencias, la primera vez que Misael fue a emergencias por desgracia le toco ver un (trauma) como le llaman, es cuando llega una persona en la ambulancia y generalmente se va debatiendo entre la vida y la muerte, el paciente al que llevaron fue un joven al que le dieron tres balazos en un pleito callejero, las condiciones del joven eran malas, su pulso lo llevaba casi en los veinte por minuto, cuando lo normal debe de ser entre sesenta y cien por minuto, la respiración era débil, los ojos los tenia en blanco, las pupilas estan dilatadas, sin vida, el corazón estaba completamente debil también, inmediatamente lo metieron en un cuarto especial de trauma, ahí se le corto la ropa hasta dejarlo completamente desnudo, se necesitaba que el cuerpo tomara oxigeno por los poros, que nada lo estuviera ligando, incluso la ropa mas floja en ese momento estorbaba, se le puso suero, mascarilla de oxigeno, las pulsaciones disminuían, el corazón se debilitaba cada vez mas, se tenia que hacer algo y pronto, se le habrio el pecho de lado a lado y se le empezo a dar masaje directo al corazón, el joven estaba noventa y nueve por ciento muerto, pero se tenia que hacer la ultima lucha, ese un porcinito podia ser un milagro y revivir al paciente, lamentablemente no fue así, la muerte gano una mas de sus victimas anotándose un triunfo, nada se pudo hacer ya, los doctores se quitaron los guantes látex cubiertos de sangre y se tiraron al bote de basura, cada uno iba saliendo de ese cuarto sin decir palabra alguna, Sadrac se quedo para cubrir el cuerpo inherte del joven que estaba tendido en esa cama de hospital, era una escena triste y fúnebre, el bulto de alguien que tuviese vida, de un joven que minutos antes tal vez estuviera riendo, llorando, hablando ahora estaba ahí, como un objeto el cual minutos mas tarde lo introducirian en una gran bolsa de plastico color negro y lo llevarian a los refrigeradores para que se conservara hasta que alguien lo reclamara, para despues de eso ser llevado a cualquier cementerio y cubrirlo con tierra.

Afuera, en una pequeña sala al final de un pasillo estaban algunos de los familiares del muchacho que habia fallecido, era una familia de Mexicanos, se veían de aspecto humilde, querían saber que había pasado con su Juanito, el doctor Steve Miller le mando hablar a Sadrac pues sabia que este dominaba tanto el español como el ingles y en ese momento necesitaba un interprete que le diera una mano, Sadrac se presento con amabilidad y respeto con la familia, una mujer que estaba entre ellos pregunto sin rodeos que habia pasado, Sadrac solo se concreto a decirle que el doctor se encargaria de ponerla al tanto de todo y que el le traduciría, el doctor volteaba a ver a cada uno con cara de duda sin saber que estaban hablando, Sadrac le explico a Steve lo que se habia dicho.

---Hello, my name is Steve Miller, one of the Dr. of ER deparment.

---Hola, mi nombre es Steve Miller, uno de los doctores del departamento de emergencias.---Sadrac traducia palabra por palabra lo que se decía, recordó cuando tiempo atrás el había prestado sus servicios de interprete, no pudo evitar el emocionarse un poco pues el trabajo de traductor había sido uno de los mas queridos para el. La charla continuo.

---Digame señora, ¿su hijo pertenecia a alguna pandilla?.

---No, no, como cree, mi Juanito era re` te buen chamaquito, nunca anduvo en pleitos ni nada de eso.---Los demas de la familia asistieron con la cabeza dandole toda la razón a la mujer.

---Bueno, le pregunto esto, por qué cuando trajeron al muchacho su vestimenta era como de alguien que pertenece a alguna pandilla.

---No, así le gustaba vestirse, ya ve los chamacos de ahora, todo imitan.

---Señora, lo siento mucho.---Despues que el Dr. Steve hubo dicho la palabra, lo siento mucho, la señora, madre de Juanito rompió en llanto con unos gritos realmente desgarradores. Sadrac solo bajo la cabeza en forma de respeto y condolencias para la familia y no pudo evitar el que una lagrima de recorriera una de sus mejillas, al parecer, al jovencito ese lo mataron confundiendolo con algun pandillero solo por el tipo de ropa que llevaba puesto, no era la primera vez que ese tipo de problemas se presentaban con jóvenes, en otras circunstancias ya habían ingresado tambien pacientes jóvenes que habían sido golpeados, navajeados y como el caso de Juanito, heridos con proyectil de arma de fuego.

Por otro lado Misael le tocaba limpiar el cuarto en donde fue atendido el joven fallecido, la sangre se encontraba debajo de la camilla, a los lados, había gasas tiradas, toallas, guantes, tripas de plástico, Misael con mucho cuidado se puso a recoger cosa por cosa y a ponerlo en el lugar adecuado,despues se dispuso a fregar el piso hasta dejarlo completamente limpio como un espejo, aquel episodio lo habia impresionado a tal grado que pidio a su supervisor ya no lo mandase mas al departamento de emergencias, el no le toco ver nada, solo limpiar la sangre y recoger cada cosa sucia que habia en el cuarto aquel y encargarse de dejarlo listo por si se volvia a ocupar de nuevo, de cualquier manera sintio una lastima y una pena tremenda por aquella pobre alma que se habia perdido minutos antes en ese lugar; el supervisor y encargado de los que hacen la limpieza en el hospital noto la sencibilidad y el nerviosismo en Misael y le concedió el permiso, lo encomendó para una de las clinicas y despues tendria que ayudarle a uno de sus compañeros en el departamento de infantes, en donde tambien estaba habierto las veinticuatro horas del día por si se suscitaba alguna emergencia con alguna criaturita que llegara delicada de salud o herida por algun accidente.

El tiempo fue pasando y Misael fue acostumbrándose poco a poco a ver todo tipo de accidentes, desde un atropellado, hasta pacientes que llegaban con un simple dolor de cabeza solo por qué un día antes se habian emborrachado, en ese mismo trabajo Misael conocio a una ayudante de enfermera que trabajaba ofreciendo sus conocimientos en el noveno piso del hospital, atendiendo y cambiando a los pacientes que estaban en mal estado de salud, ella se encargaba de lavarlos, cambiarles las camas poniendoles sabanas limpias así como tambien llevarlos al baño a que hicieran sus necesidades fisiológicas, algunos de ellos no podian darse el lujo de valense por si solos para ese tipo de necesidades y tenian que usar panales desechables. El nombre de la chica en la que Misael puso de inmediato su atencion se llamaba Kinberly Jacson, una agradable muchacha de color blanco, cabello rubio claro, ojos grandes y picaros con una sonrisa picara que volvio loco a Misael desde el primer momento de verla. Al poco tiempo de haberla conocido le empezó a hablar y a conocer un poco mas de ella, Kimberly era una chica sencilla en su forma de ser, la amistad no se hizo esperar y un par de meses mas tarde los dos empezaban una relacion de noviasgo.

CAPITULO

X

El noviasgo entre Kimberly y Misael siguio viento en popa hasta cumplir casi tres años interrumpidos de la relación, pronto se hablo de planes de boda y Misael también con el deseo de ir a la escuela para superarse y sacar una carrera, el sabia que el trabajo de afanador de hospital no le daría lo suficiente para mantener una familia en el futuro, hasta ese momento el sueldo que ganaba le alcanzaba muy bien, pero ya casado vendrian los hijos, casa, gastos y el tenia que superarse para poder vivir mejor y darle a su esposa y familia lo que era justo, una vida digna.

Lo que si no cambiaba mucho era el matrimonio entre Sadrac y Yamileth, tantos años juntos era para que la madurez tomara un papel importante dentro de esa familia, pero al parecer era todo lo contrario, Yamileth cada vez era mas posesiva y celosa, si por ella fuese traeria a Sadrac con un collar y una cadena al cuello para controlar su vida y sus actos, no podía voltear a los lados y ver a alguna mujer por qué casi se lo comia vivo, la inseguridad que esta reflejaba no la dejaba ser feliz ni permitia que su pareja lo fuera, los días en que Sadrac trabajaba doble turno aparte del cansancio físico eran tambien días de descanzar del infierno que se vivia en esa casa, pocas veces Yamileth estaba de buen humor, la residencia todo el tiempo se sentia triste, un ambiente tenso se apoderaba de cada rincón, de la sala, de la cocina, de cada dormitorio, los celos y el carácter de la señora Quintana reflejaba por completo su poca autoestima y confianza en si misma, esa situación casi volvia loco tambien a Sadrac que buscaba escapes para no estar tanto en casa, uno de esos era presisamente su propio trabajo, también la música formaba parte de ese mundo al que Sadrac buscaba refugio, la musa de la música (Euterpe) lo cobijaba con sus brazos llevandolo a mundos desconocidos, lugares relajantes en donde los problemas no cabían, Sadrac aprovechaba esas invitaciones de Euterpe y se ponía a escribir poemas que una bella pieza de cualquier compositor o músico le inspiraba para sacar asi sus mas reconditos sentimientos de frustración y amargura, tristeza o desilusión, amor o esperanza.

Por otra parte Fatima se habia logrado recuperar un poco de esa aguda depresion que casi la mataba, la compañía de sus seres queridos y el estar cerca de sus nietas que la visitaban todos los días le habia dado animos y valor para seguir viendo la vida con optimismo, ya habían pasado varios años desde que Tonatiuh había fallecido, el tiempo es la mejor medicina para las heridas de ese tipo, aunque una muerte de un ser querido nunca se supera del todo, siempre queda ese hueco, es como si se perdiera uno de los dedos de la mano, cicatriza, pero siempre hace falta. Fátima hallaba consuelo en sus tres nietecitos que la consentían en todo y siempre estaban listas para cualquier cosa que ella necesitase.

La tan esperada boda entre Misael y la bella Kimberly se dio un domingo del mes de Septiembre, a esta asistieron muchos compañeros de trabajo, amigos íntimos y toda la familia de ambos novios, Kimberly lucia regia con un vestido color crema y un velo de novia espectacular, su cara irradiaba alegría, gusto, era el día mas feliz, se estaba casando con el hombre que ella habia escogido para durar con el para siempre hasta la muerte; Misael por su parte te veia también contento, alegre, jovial, pero con cierto nerviosismo normal en una fecha tan importante, ambos novios se veian enamorados tanto uno como del otro, bastaba ver como cruzaban miradas, el beso despues de haberse hecho las nupsias fue largo y pronunciado, los espectadores tuvieron que esperar casi el minuto para que estos dejaran de besarse y poder aplaudir echando por los aires confeti, globos y todo tipo de papelitos festejando asi el matrimonio de la joven pareja.

Después de la boda, todos se dirigieron a un salon que Sadrac se encargo de rentar para que se festejara en grande la boda, todos los invitados se trasladaron al salon para fiestas hubicado en las afueras de la ciudad de Denver, el lugar se llamaba (los portones) era bastante espacioso pues podian caber hasta ochocientas personas, todos comieron lo clasico de una boda mexicana, sopa de arroz con chile rojo acompanado de frijoles rancheros, tortillas de maiz y gelatina de frutas como postre, los papas de la novia pusieron el pastel que fue de tres pisos y ya una vez adentro del lugar todos rieron, bailaron, comieron y gozaron hasta las dos de la mañana que fue cuando se acabo la celebración, tanto la familia de la novia, amigos de ella y demás invitados se divirtieron como pocas veces, hispanos y gringos de vieron como una sola raza al menos por unas cuatro o cinco horas que duro el baile, se bailaron cumbias, salsa, merengue, música disco, rock pop balada y hasta quebradita.

Al día siguiente los novios tenian ya todo preparado para irse a su luna de miel, la ciudad de Cozumel les daria una calurosa bienvenida, se hospedarían en el hotel Cozumel palace de cinco estrellas, tendrían vista al mar y sobre todo una semana con todo pagado solo para ellos dos, sin las preocupaciones del trabajo, de la ciudad, de nada en absoluto, Misael llegaría ejerciendo dentro del mismo hospital la carrera de CNA, lo mismo que ejercia su ahora esposa, así juntos podrian ir haciendose de sus cosas personales y disfrutar la vida de matrimonio por un par de años juntos antes de pensar en encargar familia.

Las sorpresas no se hicieron esperar y muy pronto otra boda estaria al pie de la puerta, Huihtonal había decidido comprometerse en matrimonio con su pareja que en ese tiempo ya habian cumplido mucho tiempo de noviazgo, de alguna u otra forma los padres saben que un dia los hijos tendran que hacer su propia vida al lado de laguien mas, pero lo extraño es que nunca nos hacemos a la idea de que ese dia en cualquier momento de la vida puede llegar, simplemente no lo podemos creer, Sadrac empezó a recordar cuando su pequeña Huihtonal era apenas una linda bebita a la que se podía cargar con un solo brazo, que lloraba cuando estaba sucia, enferma o con hambre, recordaba también cuando se la llevaba al parque del sloan lake en su pequeña carriola color rosado, un morral colgado en donde ponia un biberon de agua y otro de leche por si a su amada hijita le daba sed o hambre, era el padre mas orgulloso que podía haber en el mundo, la felicidad de traer consigo a su primogenita era para el un verdadero honor, se llenaba de orgullo al ver a su hija y ver en esos pequeños e inocentes ojitos toda la ternura e inocencia que habia en ella. Sadrac se quedo divagando con los ojos habiertos sin decir ni media palabra, no podía comprender como el tiempo habia pasado con tanta rapidez, sin darse realmente cuanta los años habían transcurrido y en un habrir y cerrar de ojos sus hijas se habia ya convertido en mujeres, Yadira también dentro de poco le daria la sorpresa de casarse con el muchacho con el que andaba, solo le quedaba la mas chica de las tres, su pedacito de dulce como algunas veces el la llamaba, Quetzalli ya era tambien una jovencita con edad suficiente para traer novio, sin embargo eso a ella no le llamaba tanto la atención, su mundo era muy distinto al de su dos hermanas, en Quetzalli todavía se podia ver inocencia, es como si la niña que siempre habia estado en ella nunca quisiera dejar ese cuerpo y hacer cambios como todas las jovencitas de su edad que ya se pintan, se arreglan, se maquillan, se tratan de poner lo mejor atractivas para el sexo opuesto, Quetzalli era diferente,ella todavía gozaba jugando con niñas mas chicas que ella, disfrutaba ir a los parques a pasear en bicicleta, jugar con la pelota, correr , saltar, Quetzalli estaba demaciado apegada a su madre, Yamileth siempre la había visto como la mas pequeña, la mas inofenciva,a la que se tenia que proteger mas de todas, desgraciadamente Yamileth nunca se dio cuenta que en vez de estarle haciendo un bien a su hija, el sobreprotegerla de esa manera le estaba causando un mal, en su amor de madre, Yamileth siempre quizo ver a Quetzalli como su "bebe" y no la dejo casi crecer emocionalmente aun en contra de la voluntad de Sadrac que se molestaba por tantas atenciones sobre la niña, Quetzalli al ir creciendo se fue tambien dando cuenta de la proteccion tan grande que su madre le daba y usaba eso para hacer lo que ella quisiera sin que Sadrac pudiera hacer mucho al respecto ya que Yamileth trataba de consentirla en todo.

Esa situación agobiaba a Sadrac y aunque Quetzalli era tambien su hija y la amaba con todas sus fuerzas como a sus otras dos mujercitas, nunca estuvo de acuerdo en la forma de actuar de Yamileth sobre Quetzalli, con el tiempo Sadrac se fue dando cuenta que tanto su familia como su jefatura se habian ya terminado,"jefatura" ¿la hubo alguna vez? Se pregunto a el mismo recordando los cientos de pleitos que había tenido con su esposa y esta le gritaba y lo insultaba de diferentes maneras, por mucho tiempo siempre fue un hombre pusilánime, incapaz de tomar un decisión y haber dejado a Yamileth para que esta escarmentara o bien para terminar con ese matrimonio de una buena vez, tal vez ella podria encontrar a un buen hombre que le diera lo que ella tanto anhelaba, un hombre al que ella en realidad respetara y valorara mas, era obvio que por Sadrac nunca habia tenido respeto y mucho menos amor, por otra parte el tambien hubiera podido encontrar una mujer tierna, cariñosa que fuera capaz de remar al parejo junto a el en la difícil y recia corriente de esta vida, ambos se habian acobardado y nunca fueron capaces de renunciar y decir basta, hasta aquí, lo decían, lo gritaban pero solo con el pensamiento, nunca con palabras, ese matrimonio casi desde un principio había sido una farsa, los hechos así lo comprobaban, todas esas palabras de amor tarde que temprano el viento se encarga de llevarselas como si fuesen hojas secas cayendo de los árboles, la vida, cuan profundo misterio.

---papa.---La voz de su hija Huihtonal lo hizo despertar de pronto, se había quedado pensando por largo tiempo, completamente ido a todo lo que pasaba a su alrededor, tal vez la noticia de que ya queria casarse lo puso de tal manera que se olvido del mundo exterior.

Se miro en el espejo interior de su alma y comprendio que ya era un hombre no tan joven, casi con cuarenta y cinco años encima y con tres hijas listas para alzar cada una el vuelo, se pregunto si había valido la pena el sacrificarse por ellas, durar tanto tiempo ligado a una mujer que nunca lo había valorado solo por el hecho de que sus tres muchachas tuvieran un padre, poco a poco esa idea se le fue metiendo en la cabeza, era mas que obvio que Sadrac ya no era feliz al lado de Yamileth, ella tampoco demostraba mucho afecto a su esposo, de hecho nunca lo había demostrado tanto, la falta de respeto de ella hacia el ponía de manifiesto la falta de amor que habia en ese matrimonio. Huihtonal volvió a interrumpir una vez mas la amnesia que Sadrac tenia, se quedaba pensativo por largos minutos y solo el sabia lo que pensaba, algunas veces los labios se le movian superficialmente a modo de que era imposible el saber lo que decía, con la mirada perdida Sadrac se quedaba inmóvil, mascullaba para si mismo.

Huihtonal hacia grandes planes de boda con su futuro esposo, se le veía alegre, animada, positiva, una mujer enamorada de la vida, segura de si misma; los planes de boda se llevarían a cabo en un año mas, la fecha ya estaba puesta, el vestido se compro con anticipación, se empezaron a hacer las invitaciones, todo tenia que estar preparado mucho antes del gran evento, tanto Sadrac como Yamileth se veian nerviosos, era la boda de su primogénita, no tenían ellos experiencia en cosas de ese tipo, cualquier padre desea que sus hijos se casen como Dios manda y le balla bien en la vida, que sean gente de bien y la felicidad siempre este de su lado, Sadrac hablaba mucho con su muchachita, le daba consejos, le contaba experiencias de otra gente, le decía, le hablaba, parlaba con ella lo mas que podía, Sadrac la seguia viendo como a su bebe, a pesar de que Huihtonal ya era toda una mujer.

* * * * * * *

El año se fue mas rapido de lo que todos esperaban y la boda se llevo a cabo, no había vuelta de hoja, todo indicaba que Huihtonal y su esposo se hirian a vivir a México, allá el tenia casa, negocio y bienes suficientes para darle una vida comoda y holgada a Huihtonal, la idea de no ver mas a su hija puso a Sadrac con el animo por los suelos, sin embargo trato de disimularlo lo mas que pudo, sabia dentro de si que ya una vez casada tenia que irse de su lado, estar junto a su esposo, era parte de la vida, el también habia pasado por esa misma situación mucho tiempo atrás cuando se independizo de sus padres o mas bien de su madre pues para ese tiempo su padre ya se había ido de la casa.

Cuando Huihtonal se fue de los Estados Unidos para radicar en México, las lagrimas no se hicieron esperar, Yamileth lloraba con tristeza al ver como su hija se despedia de ellos y tal vez para siempre, Sadrac también lloraba por dentro, no se le veia ni una sola lagrima en sus ojos pero el semblante lo tenia afligido, no quiso decir una sola palabra, tal vez por temor de que al hablar las lagrimas surgieran y empaparan su cara ya marcada por los años, solo se concreto a abrazar a su hija con todas sus fuerzas y a darle un beso en la frente y en voz tenue y tono bajo decirle junto al oído, siempre cuídate mucho y nunca nos olvides.

Miro con atencion como la camioneta Chevrolet color azul cielo con placas de Colorado se perdia entre las calles de la ciudad para tomar su destino, una ruta que tal vez pasaria mucho tiempo sin que se volvieran a ver las caras unos a otros, los que quedaban de la familia Quintana solo se dieron media vuelta y cada uno de ellos se fue metiendo dentro de la casa, todos en silencio, con los semblantes acongojados, Yamileth y Quetzalli sumamente perturbadas, Sadrac por su parte preferia disimular sus sentimientos un poco mas pues sabia que en ese momento la felicidad estaba ausente de ese domicilio en donde la armonia se había ido alejando poco a poco, todo era silencio en esos momentos, la televisión no se encendía, la colección de música de Sadrac se mantenia polvorienta desde hace ya buen tiempo, simplemente no existia el mas minimo humor para hacer nada. Solo quedaba ya la mas pequeña de la tres, Quetzalli, ella estaba sumamente apegada a su madre a pesar de tener tambien la edad suficiente para realizar su propio vuelo, pero Quetzalli seguia ahí, en casa, fiel a su madre, a sus costumbres, a los ideales de la familia, esa situación a Sadrac le agobiaba en gran manera, ver a su chiquita en casa todo el tiempo, sin muchas amistades con quién pudiera ella jugar, platicar, desahogar sus emociones o sentimientos como cualquier joven a esa edad.

Sadrac fue a visitar a su madre, Fátima estaba cansada y para ese tiempo ya era tambien una mujer de edad avanzada, la soledad y sus constantes episodios de depresion se habian encargado de avejentarla aun mas de lo realmente tenia de años, Misael ya como hombre casado tenia sus propias obligaciones, su tiempo se lo dedicaba a su esposa y al trabajo, Sadrac también tenia sus propios problemas que atender, su mujer, la preocupación de sus hijas que a pesar de ser unas mujeres hechas y derechas seguian siendo la mortificación de Sadrac pues este las seguia viendo como sus bebes, Huihtonal viviendo en México, como estará su muchachita allá, sola, en una tierra extraña, sin conocer a nadie, se preguntaba muchas veces si su hija seria feliz, si estará pasando hambres, como la tratara su esposo, mil preguntas que no tenian respuestas en ese momento turbaban la tranquilidad de Sadrac, por otro lado se preocupaba por Yadira, por su madre, por Quetzalli, Sadrac estaba a punto de tener un derrame cerebral por tanto estar pensando en todo, la vida estresante que llevaba,cuando fue a ver a Fátima, se dio cuenta que su madre estaba cada vez peor de salud, tanto física como emocional, se puso a pensar en que podria hacer para tratar de solucionar un poco esa situación, Yamileth no podia convivir con ella, pero el tampoco podia dejar sola a su progenitora, se sentía entre la espada y la pared.

Cuando salio del pequeño apartamento en donde vivia Fátima. Sadrac se dirigio a un lugar solitario, lejos del bullicio de la gente, del trafico, trato de alejarse de todo lo que implicara la palabra problema o algun sinonimo que se lo recordara. El lugar estaba rodeado de agua, una pequeña laguna que se encontraba detrás de la biblioteca publica de Lakewood, en donde solo se escucha los graznidos de los patos y otro tipo de aves que merodean el lugar, ahí duro un buen rato sentado a la orilla de una banca publica, pensaba, meditaba, recordaba, se le venian tantas ideas a la cabeza, muchos recuerdos gratos, otros no tanto, pensaba en sus hijas, en su madre, en Yamileth su esposa que cada vez que pasaba mas el tiempo se volvia mas insoportable y opresiva, Sadrac se sentia en un verdadero puño a su lado, sin libertad, sin respeto, sin autoridad, se sentía mas solo que nunca en un país que a pesar de llevar casi trinta años viviendo en los Estados Unidos se seguia sintiendo como un intruso en un lugar, en una tierra que no era de el, nunca podría olvidar su querido y extranable Durango, sus barrios de angostas calles, sus casitas multicolores que adornan las colonias mas populares como tierra blanca, el cerrito del calvario, las callecitas de regato, paloma, Aquiles serdan, el Orreaga y muchas mas que Sadrac nunca podria olvidar aparte de su gente de sus mujeres coquetas y alegres que dan felicidad a la capital Duranguense, tierra y cuna del centauro del norte.

Mientras Sadrac meditaba aprovechando esos pequeños lapsos de soledad que no muy frecuentemente tenia se le ocurrio la idea de ir a tomarse una cerveza a una barra, al fin y al cabo no tenia nada de malo, Sadrac era ya un hombre responsable de sus actos y acciones, una cerveza le ayudaria tal vez a relajarse mas, eso lo necesitaba mas que nunca, el estrés lo estaba asfixiando y tenia que buscar la manera de estar tranquilo.

Se metió en una taverna mexicana localizada en la avenida sheridan y mississipi avenue, estaba un poco vacio el lugar, unos cuantos clientes jugando en una mesa de billar, Sadrac se sento despistadamente en un rincon de la dicha barra llamada ironicamente la cucaracha rinconera, no acostumbraba visitar esos lugares, de hecho era su primera vez, por eso se sentia un poco incomodo y hasta extraño, no sabia que hacer, que decir, el solo queria disfrutar una deliciosa y espumosa cerveza de barril, quería sentir lo helado del liquido pasando sobre su garganta y refrescar su caliente esofago que le pedía a gritos algo refrescante y frío, se empezó a imaginar y a saborear esa placentera coors light que lo esperaba anciosa para que Sadrac le diera el primer trago, la mesera se le acerco con una mirada traviesa pero a la vez llena de intriga pues era la primera vez que ella veia a un cliente como Sadrac entrar a ese lugar, la mayoría de los clientes eran Mexicanos vestidos con ropa de trabajo o con botas rancheras y tejanas, Sadrac iba con shorts casuales y una camisa negra con el logotipo al frente de la banda univers zero, por eso es que la mesera se sorprendio al verlo pues penso que un chicano o gringillo se habia equivocado de barra, Sadrac la vio aproximarse hacia el y con una mirada rapida y eficiente la barrio de arriba haci abajo, traía sandalias negras, pantalón negro de vestir y una blusa negra que dejaba ver de forma sensual y atrevida sus hombros y mitad del brazo, su cabello negro azabache lacio hasta mitad de espalda y de rostro agradable, la pregunta habitual y necesaria que se le hace a cualquier cliente, Sadrac ordeno una cerveza coors light en tarro de vidrio, después de que la orden fue ejecutada a la presicion de un rayo, Sadrac aprovecho para preguntarle su nombre, ella se llamaba Griselda Rodríguez, era de origen Colombiana y tenia cinco años viviendo en la ciudad de Denver, vivía con sus tres pequeños hijos a los que tenia que mantener como madre soltera; la platica fue interesante y duradera, ella tenia un estilo de charla ameno, entretenido, lleno de gracia, en menos de media hora ya le había contado mitad de su vida a un verdadero desconocido, Sadrac tenia algo que irradiaba confianza, por eso Griselda habia confiando plenamente en el, poco a poco Sadrac se fue empapando con la vida intima de la mesera Griselda, cuando despertó de la platica tan entretenida en la que esta lo habia atrapado Sadrac se percato que era demaciado tarde, se despidió cortésmente de ella prometiendole volver a verla para seguir conociendose.

Cuando llego de regreso a casa, Yamileth estaba convertida en una verdadera fiera de celos, mil preguntas empezaron a bombardear los oidos de Sadrac, preguntas como , ¿por qué?, ¿a donde? ¿Con quién?, ¿que?, para el ya no era nada nuevo ese tipo de arranques infantiles e inseguros que su esposa le armaba con frecuencia, de hecho eran parte ya de la rutina matrimonial que habia llevado ya por años junto a ella. Las preguntas que Yamileth le lanzaba a su cansado y harto esposo se disparaban como proyectiles en su rostro mientras la saliva de la atacante de desparramaba de forma inconciente dando a demostrar asi su furia y frustración, Yamileth lo seguia tratando como si fuese un niño, un menor del que tiene que depender de su madre para todo, pedir permiso incluzo hasta para ir a la tienda, Sadrac se dejo caer de golpe en la cama desplomando sus doscientas libras sobre el colchon matrimonial de la recamara en donde tantas y tantas veces fue testigo silenciosa de mil encuentros amorosos a mitad de la noche, batallas en donde sus cuerpos desnudos se daban duelo y al final terminaban los dos llenos de sudor y besos abrazados a la par, uno sujetando al otro y fumando la pipa de la paz simbólica, pero también esa misma habitacion habia sido testigo de otro tipo de batallas, crueles guerras en donde los gritos y los insultos era imposible enumerar y en donde la tristeza y el corage tomaban lugar dentro de cada uno para hacerse pedasos y el unico objetivo es masacrar al enemigo. Pero en ese momento Sadrac no estaba de humor para pelear, la platica con esa jovial señorita lo habia dejado pensando, no era algo de lo que el tenia que meditar tanto, comparo su vida y la de otros seres humanos que lo rodeaban y una vez mas se dio cuenta de su realidad, Sadrac estaba mas solo que nunca, su esposa solo servia de adorno, era un tipo de decoración permanente solo para demostrar que el al igual que cualquier persona normal llevaba una vida de pareja, con su esposa, familia, etc., pero en realidad, ¿llevaba una vida normal? pocas veces habia realmente sentido alegría, pues hasta en ese momento su vida habia sido monótona y llena de enclaustramiento, gran parte de culpa era de el mismo por no haberse sabido imponer desde un principio como el hombre de la casa, el que lleva los pantalones, el cabeza de la familia, a esas alturas ya era demaciado tarde para recuperar esa gloria, ese respeto que todo hombre exije por derecho propio ante su mujer, simplemente Yamileth se le había subido hasta el cuello y para bajarla ya era imposible, se quedo mirando la lámpara que colgaba en el centro de la habitación mientras este permanecia acostado boca arriba en la cama, a lo lejos eschuchaba los gritos de Yamileth como si fuera una voz lejana, casi imposible de captar, de distinguir, una voz de una mujer, solo una voz perdida en el tiempo y un espacio, sus hijas ya no estaban con el, solo le quedaba la mas pequeña, que era Quetzalli, pero ella estaba estrechamente ligada y apegada a su madre. Se quedo pensando por mucho tiempo, pasaron horas tal vez, recordaba su pasado, su presente y visualizaba su futuro, recordaba a Virginia y con el pensamiento le deseaba lo mejor, jamás había vuelto a saber de ella, pensó para si, ojala y siga con vida y si es asi que Dios la cuide, lloro por Dulce, ese antiguo amor de su juventud que no supo nunca valorar y tal vez su felicidad hubiese estado a su lado, recordó a Melissa, esa muchacha que en un tiempo lo hizo despertar y volver a revivir la ilucion de amar a una mujer, de sentirse joven de nuevo, de ver la vida de diferente manera, lloro por el amor y por la vida y decidió volver a empezar, una llamada telefonica hizo que Sadrac volviera a la realidad, el ruido del teléfono lo desperto y reincorporandose de la cama en donde habia permanecido por largo tiempo estiro la mano para coger el auricular y contestar la llamada. La voz era en ingles, una voz femenina preguntaba por el Sr. Sadrac Quintana, al identificarse como el mismo , quién hablaba, la mujer al otro lado de la linea le dijo que era del hospital la divina providencia, al parecer la mamá de Sadrac se habia muy grave por haber injerido una gran sobredosis de medicina para poder dormir, las razones de tal actitud todavía no las sabían, pero si necesitaban de inmediato su presencia, Sadrac salio lanzado como si un resorte de debajo del colchon lo hubiese lansado para que hiciera todo mas rápido, salio corriendo de la casa olvidando lo que en momentos anteriores habia estado planeando, se dirigió a gran velocidad al hospital en donde tenian a Fátima, Yamileth y Quetzalli solo se quedaron mirandolo sin saber que estaba pasando, la única pregunta que lanzo Yamileth fue, ¿a donde vas ahora? Pregunta que no tuvo respuesta pues Sadrac la ignoro por completo.

Una vez en el hospital, Sadrac se llevo desalentadoras noticias, Fátima se batia entre la vida y la muerte, se le habia hecho un lavado de estomago pero desgraciadamente habia pasado demaciado tiempo antes de poder lavar la sangre por completo, el medicamento estaba ya en las arterias y vasos sanguineos y se habia infiltrado en organos internos como los riñones y el hígado, había la posibilidad de salvarla pero tambien estaba el riesgo de que Fátima quedase en estado de coma, Sadrac sintió como si le hubiesen hechado una cubeta de agua helada desde la cabeza hasta los pies, un escalofrío se apodero de todo su cuerpo y solo se quedo mirando el rostro del doctor sin decir palabra alguna, muchas veces a el le habia tocado dar noticias devastadoras a familiares en su trabajo, pero nunca espero que ahora fuera su turno, solo bajo la cabeza y se dejo caer en un pequeño sofa que estaba justo atrás de el, el doctor le puso la mano en el hombro y con las palabras "lo siento"trato de darle consuelo, consuelo que nadie en ese momento podia darle, se dirigió al teléfono para comunicarse con Misael, su hermano menor, le dejo mensaje en la contestadota automática, pasaron tres largas y eternas horas dentro de esa sala de espera del hospital, Sadrac ahora sentia en carne propia lo que se sentia estar en el lado opuesto, muchas veces como enfermero solo veia a las personas esperar largo tiempo, algunos lloraban, otros jugaban para entretenerse en algo, otros muchos trataban de dormir recargando sus cabezas en el hombro de alguna persona que los acompañaba, otros solo caminaban de lado a lado esperando noticias desde adentro de la sala de emergencias.

La noche se fue pasando y para Sadrac tal vez fue la mas larga y desesperante noche que habia pasado anteriormente, Misael se presento muy temprano pues no habia tenido tiempo de escuchar sus mensajes hasta esa mañana, Sadrac trato de hablar a la casa para explicarle a su mujer lo que habia pasado, esta solo se concreto a decir que no queria hablar jamás con el, que si queria andar de mujeriego, puto y desgraciado estaba bien, pero que ese era el final de la relación, ella no seria plato de segunda mesa ni compartiria su hombre con ninguna piruja de quinta.

---Siguete divirtiendo con esas viejas, lo que nunca hiciste de joven ahora lo vienes haciendo de viejo, pero ¿sabes que?.---Agrego Yamileth.---Yo también me puedo divertir, sigo siendo bonita a pesar de mi edad y mi cuerpo, todavía hay hombres que se fijan en mi.--- Los celos tenian cegada a Yamileth y no enrtendia razon ni dejaba que se explicara nada,era como si un demonio la dominara y le tuviera tapados los oídos, para Sadrac esta no era una reaccion de ahora, de hecho esa una de las causas por las que el ya estaba arto de su mujer, los celos estupidos de los que constantemente ella lo chantajeaba, la falta de confianza, la forma tan posesiba en que ella lo queria manejar a el como si fuese solo un niño y no un hombre con mas de cincuenta años de edad, Yamileth colgó el teléfono jurandole por su madre y todos sus dioses separarse de el esta vez para siempre, Sadrac solo escucho un ultimo "te deseo lo mejor"despues de eso la linea se corto, Sadrac no volvio a saber nada de Yamileth y Quetzalli.

La salud de Fatima no mejoraba, la alta dosis de medicamento que habia injeriodo via oral tambien habia afectado su cerebro que ya estaba debil debido a la edad y la depresion severa que ella padecía; a los tres meses de haberse presentado ese problema Fátima daba su ultimo aliento dentro de terapias intensivas del hospital. Días después del funeral Sadrac fue al departamento de su madre para rescatar pertenencias de valor y ver lo que se podia desechar, en unos de los cajones de un mueble viejo encontro una vieja libreta con recetas y otras cosas que Fátima guardaba, en una de las hojas tambien encontro un poema que le llamo la atención, se puso a leerlo con gran curiosidad y ansia, su madre nunca le habia dicho que ella escribiera poesia.

Por haber querido
vivir a mi manera,
por haber querido
ser como yo era;

por no haber querido aceptar
mordidas y tajadas
de cualquiera;
por con toda mi alma
haber defendido
a los que a mi lado eran,
llega la nostalgia
triste y a mi manera,
donde veo vivir
a la gente a su manera,
dañando, pisoteando y dandose
a la vida que yo no acepte
que fuera.

Los veo como fantasmas
detrás de la estela del humo
que deja un cigarrillo,
danzando al compas de una música
que no se escucha,
y que no era,
y me pregunto, ¿por qué
no quise, no pude y no podre
ser como ellos eran?.

Quiza pedi tan poco,
aunque era algo
tanto y tan anhelado,
y esto fue:
atreverme a desear
haber sido amada.

Y por haber pedido...
y deseado algo tan grande,
y tan poco, me he quedado abandonada.

Cuando Sadrac hubo terminado de leer el poema que su querida madre escribio en un tiempo atrás, rompió en llanto, abrazo la libreta en donde estaba escrito el poema y lloro amargamente como si fuera un niño de tierna infancia, sus lagrimas se desprendían de sus ojos de forma espontánea, apretaba los puños y en silencio lloraba mencionando una y otra vez a su madre, Sadrac ya era un viejo pero la falta y el cariño de su madre lo llevaria por siempre dentro de su corazón, Sadrac ya no tenia nada que perder, su familia se habia desintegrado con el pasar del tiempo, sus hijas ya tenian su propia vida hecha, eran mujeres dueñas de sus actos y cada una con su respectiva familia propia, el ya no cabia con ninguna de ellas, se dirigió a su casa despues de haber salido de la habitacion de su madre y le hecho un vistazo a todo, los muebles, las habitaciones antes llenas de gritos, risas, alegría, pleitos, ahora estaban solas, tristes, sin vida, solo el y sus recuerdos quedaban en esa casa, se dirigió al aparato de música, puso un disco de Vangelis, (opera sauvage) la tristeza se hizo aun mas marcada, con el aparato de sonido a todo volumen subio la habitación y tomando una maleta empaco algunos cambios de ropa, cuatro fotografías, una de cada una de sus hijas y la ultima de Yamileth y el cuando eran aun felices, bajo las escaleras nuevamente y apago el aparto de sonido, se dirigió a la puerta de frente, volteo y hecho un vistazo una vez mas a su casa y salio.

Jamás se volvio a saber nada de Sadrac Quintana, aquel muchacho alegre y lleno de vida que siguiendo sueños efímeros se perdio en la selva de la vida, nunca se volvio a saber mas de el, algunos dicen que se regreso a México, otros que se fue a recorrer los países Europeos pues ese habia sido siempre su sueño y otros dicen que murió llevandose con el toneladas de recuerdos, sus poemas y su música, esa música que fue la razón de su aventura y la desgracia de su vivir.